草白的短篇小说非常特别，有限篇幅内营造出文本内部的流动性和美感，顾盼生辉。她的小说证明了小说语言可以成为诗歌语言的提升。

文学评论家　张颐雯

沙漠引路人

草白 —— 著

济南出版社

图书在版编目（CIP）数据

沙漠引路人 / 草白著 . -- 济南：济南出版社，2024.1
（文学新势力 . 第二辑）
ISBN 978-7-5488-6075-4

Ⅰ.①沙… Ⅱ.①草… Ⅲ.①中篇小说—小说集—中国—当代②短篇小说—小说集—中国—当代 Ⅳ.①I247.7

中国国家版本馆CIP数据核字(2024)第032041号

沙漠引路人
SHAMO YINLUREN
草白 著

出 版 人 谢金岭
责任编辑 张慧敏
装帧设计 焦萍萍 刘梦诗

出版发行 济南出版社
地　　址 山东省济南市二环南路1号（250002）
总 编 室 0531-86131715
印　　刷 济南新先锋彩印有限公司
版　　次 2024年1月第1版
印　　次 2024年2月第1次印刷
开　　本 145 mm×210 mm 32开
印　　张 7.25
字　　数 156千字
书　　号 ISBN 978-7-5488-6075-4
定　　价 36.80元

如有印装质量问题 请与出版社出版部联系调换
电话：0531-86131736

版权所有 盗版必究

学术 | 中国作家协会鲁迅文学院
筹划 | 北京师范大学国际写作中心

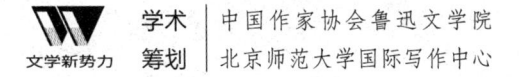

编委会

顾　　问　莫　言　吉狄马加　吴义勤
文学导师　余　华　苏　童　欧阳江河　西　川
主　　编　邱华栋　张清华　徐　可
编　　委　王立军　周云磊　李东华　周长超
　　　　　刘　勇　张　柠　张　莉　沈庆利
　　　　　梁振华　张国龙　翟文铖　张晓琴

总　序

张清华　邱华栋

2012年10月，莫言荣膺诺贝尔文学奖，再度激发了国人的文学激情，也唤醒了高校在文学教育方面的旧梦，其中就包括北京师范大学。因为一段至关重要的学缘，莫言曾于1991年获得了北师大授予的文学硕士学位，而此刻，作为母校的师大自然倍感荣耀，遂立刻决定成立北京师范大学国际写作中心，并邀请莫言前来担任主任。中心成立之初，其核心职能——文学教育和创作人才的培养便被提上了议事日程。

需要稍加追溯前缘，才能说明这套文丛的来历。1988年，由当时在研究生院任职的童庆炳教授牵头，由北京师范大学提供学制条件，牵手中国作家协会直属的鲁迅文学院，共同招收了首届作家研究生班学员。那时的学位制度还相对处于比较早期的阶段，各种规章还没有现在这样严苛和完善，所以运作相对容易，招生考试环节也相对宽松。由此，一批在文坛已崭露头角的青年作家，便被不拘一格，悉数收罗。之前，他们中的很多人——除刘震云作为北京大学中文系 77 级的本科毕业生外——并未受过太正规的教育,他几乎是唯一一个出自正宗名门。余华只是在浙江海盐上过中学;莫言之前虽有两年解放军艺术学院文学系的学习经历,但更早先却是连中学教育未受完整;严歌苓、迟子建等差不多都只是受过中等专业教育。其他人我们未做过严格的统计,但可以肯定,其中大多数未曾上过大学。然而不容置疑的是,这些人是那时中国文学最具希望的一批,是青年作家中的翘楚,是未来文坛的半壁江山。从这里出发,二十年过后,他们的确未负众望,为中国文学争得了至高荣誉,也几乎成为一代作家的代言人。

很显然,这成为北师大和鲁迅文学院一个共同的记忆,一笔不可多得的财富,无论从哪个角度看,他们都是两所学校引以为豪的历史。在这样一个背景下,重拾昔日文学教育的前缘,找回这一无双的荣耀,也就是很自然的事情了。

因了以上的缘由,2016 年,北师大校方经过认真研究,参考过去的合作模式,从全校不多的单招单考的硕士名额中拿出了 20 个,交由文学院和国际写作中心,来寻求与鲁迅文学院合作,并在中国作家协会的大力支持下,于 2017 年秋季正式招收了"非全日制"学术型文学创作硕士研究生。为了省却过于烦琐的学科规制,我们在"中国现当代文学"专业的二级学科下,设立了"文学创作方向",并采用了"学术导师"加"创作导师"联合授课的培养模式,以给学员创造更为合适和充分的学习条件。鲁迅文学院则为他们提供居住和学习的物质条件,以及日常的管理,并拟在培养方案中结合鲁院的讲座制培养模式,两相结合,尽显特色互补的优势。

同时还必须指出，有几位至关重要的人物支持了这项事业：时任北师大的校领导，特别是董奇校长，对推助写作中心的文学教育工作给予了大力支持，在制定相关体制机制方面也给予了诸多指导。晚年在病中的童庆炳教授，多次勉励我们，要传承好过去的经验，大胆探索，争取把工作尽早落到实处。中国作家协会，作协党组，特别是铁凝主席，也给予了热诚关怀，时任书记处书记、分管鲁迅文学院工作的吉狄马加同志，则在工作中给予了非常具体的关心和指导。

参与该项工作，制定合作规划、培养方案、课程体系，以及日常服务管理等诸项事务的，便是本文的两位作者：时任鲁迅文学院常务副院长的邱华栋和北师大文学院负责研究生教育的副院长兼国际写作中心执行主任张清华。整个过程中，要想实现两个职能完全不同的单位之间的密切合作，在所有培养工作的环节上都无缝对接，是一个至为琐细的工作，难以尽述。好在这不是一个"工作汇报"，我们在此也就从略了。主要想说明的是，两校之间目前的合作进行得非常顺利，一切都在愿景之中。

迄今为止，该方向的研究生已经招收了三届，共56人。从总体情况看，达到了预期的要求。在学员中，有鲁迅文学奖获得者乔叶、鲁敏，有多位全国少数民族文学奖获得者，有"70后""80后"广有影响的青年作家，像东紫、杨遥、朱山坡、林森、马笑泉、高满航、闫文盛、曹谁、曾剑、王小王，等等，他们在文学创作上都已经有了相当出众的成绩，或是十分丰富的经验，然而他们共同的诉求，又都是对"充电"的渴望，有成为大家的梦想，所以因了冥冥中某种命运的感召，汇聚到了一起。

关于文学教育，历来也是分歧明显众说不一的。有人坚称"大学不培养作家"，这话在一定程度上是对的。大学的使命很多，成败的确不在乎是否出产了一两个作家。但这话的"潜台词"值得商榷——其意思是有偏见的或轻蔑的，是说"你培养不了作家"，"作家不是谁都能培养出来的"。这当然也对，没有哪个大学敢说自己"培养"了几个作家，而只能说，他们那儿"走出了"哪些作家和诗人。但这么说是否意味着文学教育的无必要呢？似乎也不能。因为按照上述逻辑，我们也可以反问，大学不能培养作家，难道就可以"培养"经济学家、政治家、科学家和法学家吗？谁又敢说他们"培养"了那些伟大和杰出的人物呢？

很显然，各行各业的杰出人才，都是很难通过"订制"来培养的。但从另一方面说，大学又必须为人才提供成长和受教育的条件，从这个角度看，宣称大学"不培养作家"又是不负责任的。回顾当代文学的历史，文学的变革和作家的成长，与大学教育的恢复和发展密切相关。"文革"及"文革"前大学教育的草创和荒芜时期，也出现过许多作家，但他们要么是从战争年代的洗礼中锻炼出来的，要么是在长期的自学中成长起来的。因为没有条件受到良好的教育，他们的文学道路多舛，艺术成长和成就也都受到了限制，这是人所共知的常识。正是"文革"后教育的全面恢复与发展，才使得文学事业出现了人才辈出蓬勃兴旺的局面。

所以，正确的理解应该是，作家是无法培养的，但文学教育是必需的。当然，文学教育对于高校而言，其目标确乎主要不是"培养作家"，而是为所有学生提供一个素质养成的环境条件，这才是成立国际写作中心、引进著名作家执教的核心意义所在。换句话说,能不能出产一两个作家或许不是最重要的,其培养的人才是否具备写作的能力,能否成为文学的内行才是重要的。传统的文学教育虽然有各种各样的问题,但是所培养的读书人大都是既能够研究,又可以写作的双料人才。新文学的早期,大学的文学教授也多是学者和作家两种身份集于一身的,之后才逐渐文脉不彰,大师不存,大学教育渐趋沦为了工具化和技术化的知识教育。

但无论如何,北师大与鲁院联办班的这一培养模式,其目标还是直接而干脆的,就是"培养作家"。当然,这培养不是从"育种"开始的,而是"选苗"和"移栽"的过程,甚至有的就属于"摘果子"。即便是后者也不是无意义的,当年莫言、余华、刘震云、迟子建等人,早在进来之前就是声名鹊起的青年作家了,录取他们无疑也是"摘果子",但系统的阅读与学习,大学综合环境下的熏陶成长,谁敢说对于他们后来的写作没有助益?所以,我们坚信这一工作是有意义的。

最后再来说说这批作为"文学新势力"的新人。显然,他们大多属于"80后"至"90后"的一代,较之他们的前辈,这批新人的主要差异在于代际经验的不同。前代作家的成长期大都经历过历史的大波大澜,童年也大都有原初和完整的乡村生活经验,所以某种程度上还是受到"总体性经验"支配和支持的一代作家。莫言笔下的"高密东北乡",可以说寄寓了他对于农业社会生存的全部感受和想象,也寄寓了他对于现当代中国历史巨变的全部记忆与理解,读之如读一部血火相生、正邪相伴、生死轮替、魔道互换的史诗。这种具有总体性和原生性的经验与美学，在下一代作家这里早已变得不可能，他们都命定地处在某种"晚生"和"后辈"的自我想象之中，不得不在碎片化、个体化的历史经验与记忆中探索前行。

这些都并非新鲜的话题，只是重复了前人既成的说法。但这也是所谓"新势力"的根基与合法条件，"新"在哪里，又何以成为"势力"，这是需要我们想清楚的。在我们看来，所谓"新势力"其实就是指：一是有新的文化特质的，他们在文化上所拥有的"新人"特色或许很难用一两句话说清，但一定是更具有个性、自主性和独立思考的一代，是拥有新知和新的经验方式的一代，是用新的思维与视角看待人生与世界的一代，是在网络信息时代生存和写作的一代；二是有新的美学属性的，这些属性自然更难以总体性的概括来描述，但毫无疑问他们是具有陌生感的一族，是难以用传统范型所涵盖和统摄的一族，是游走和不确定的一族，是空间化和个体性得以充分彰显的一族，当然，也是相对琐屑和相对真实，相对平和和相对日常性的一族。有时我们觉得是这样满足，但有时我们又会觉得，他们离着理想的文学，离所谓普世的"世界文学"的距离越来越近了。

旁观者说一千句，不及读者自己去观照、去体味其中的丰富和微妙。"总体性"之不存，我们的概括也自然显得苍白无力，不如读者们自己去一一打量和细细辨识。

看，这就是"文学新势力"，他们来了。

"文学新势力"第二辑
出版说明

"文学新势力"第一辑于2020年初出版之后,引发了各界非常强烈的反响,也激发了文学创作专业的学子们更加高涨的创作热情。不只非全日制的"鲁院班"——北师大与鲁迅文学院合作招收的文学创作研究生班的同学,连全日制和其他专业的学生也纷纷发来他们的作品,希望能够加入这套文丛的后续出版。基于此,我们在当年,也就是2020年的下半年,又遴选了近二十部作品,经过专家与编辑的几轮精选,最终确定了第二辑的这十二部作品。但因为疫情等因素的影响,该辑的出版工作也一再延宕。现在终于面世,标志着我们的文学教育又有了新成果。

需要说明的是,本辑作品的构成,在文类上实现了多样性的变化。第一辑完全由中短篇小说集构成,而这一辑中,则有了超侠的科幻小说集、舒辉波的儿童文学作品集,有了闫文盛、向迅、曹谁等人的散文随笔集,同时也不再仅限于"鲁院班"学员,增加了毕业于全日制文学创作班的新锐青年作家,如目前工作于鲁迅文学院的崔君的小说集。从文类上说,该辑作品除了诗歌缺位以外，确乎显得丰富了许多。

另外，还须在此特别说明的是，截至该文丛出版之时，北师大与鲁迅文学院合作招收研究生的工作又延展了四年，至2023年，已招收了七届学员。负责鲁迅文学院工作的领导，也调整为吴义勤书记和徐可常务副院长；北师大文学院的领导以及研究生培养工作的负责人也发生了变更，所以本辑的编委会也做了相应的调整。

特别鸣谢中国作家协会张宏森书记，以及李敬泽、吴义勤副主席等领导的大力支持，也感谢北师大校领导以及文学院的大力支持；特别鸣谢济南出版社领导的鼎力托举。各方力量的凝结汇聚，才共同促成了此番盛举，为新一代青年学子和青年作家的成长营造了更好的环境。

2023 年 12 月

自 序

草 白

一

因被收进同一本集子里，这些短篇小说之间似乎拥有了某种隐秘的联系，是同一个人在不同时期的分身，也是时间的无穷变体。至今，我还能清晰地想起每个小说的"诞生"过程，有些源于梦境中获得的灵感，有些来自现实切片，更多的获自某个迷离而恍惚的瞬间。

现实生活中微不足道、错漏百出、支离破碎的时间，以小说的形式被收藏、被塑形以及被看见，我由此体悟到叙述时间里蕴藏的生机与秩序。在小说里，人物所经历的时间总暗含着某种紧张感，并在叙述推进中得以呈现或演绎。写作中，最让我迷恋的大概就是这个"演绎"的过程。

短篇小说善于呈现时间方阵里的切片，但真正的生活或许更接近"切片"本身的含义，后者往往不是暗流涌动，不是平静中起波澜，而是彻底的混乱无序、悄无声息。

写作者似乎对两种时间之间的关系有种天然的敏感性，何处存在小说生长的土壤，何处是真正的荒芜，总能了然于心。

二

某段时间，我热衷于描述人物在某个特定空间里的行止，那或许是一个与日常毫不相关的空间，比如《在山上》里的人物行走在荒野山林里，时间以另一种方式流逝和生长；一处履行某种特殊功能的场所，比如《橡皮擦》里人物所置身的茶馆，沉闷压抑，宛如隐秘的"告解室"；一个对人物命运走向起决定作用的空间，比如《河水漫过堤岸》里那个慌张诡异、被完全限制自由的"电话室"。

在我的小说里，"空间"似乎是作为时间的坐标而存在，便于叙述枝叶的生长及人物命运的徐徐展开。我一直记得英国小说家福斯特的话："许多小说家都有地方感，却很少有空间感。"

当然，小说里出现空间并不代表"空间感"随之自然生成。中国古典园林建筑最善于营造深广虚灵的空间，小说艺术也可类比于造园艺术，无非叠屋造桥、移步换景，无非明暗相生、虚实相接。它们是物生景，景生意，终至情景交融，物我两忘。古典园林是让人忘我的所在，而在小说丛林中穿梭的写作者与阅读者某些时刻大概也近乎"遗物忘形，在我而已"。

留白是最好的空间语言，它是造园艺术的精粹，也关乎小说中那些没有说出却异常重要的部分，它们构成了小说世界的无边张力。

三

  每个短篇小说写作的缘起都不尽相同，有些是人物，有些是场景，更多的为各元素共同作用的结果。

  而在这本短篇小说集里，人物是最直接、最敏感的触发器。写作《沙漠引路人》这篇小说时，脑海里最先涌现的也是人物。这个人物曾在我的散文作品里出现过，完成后总觉不够"尽兴"。小说中，我干脆对其进行"改头换面"，强调和突出了某些东西，将人物的不良处境又往前推了推，并进行了"变形"处理。这么做的结果便是她成了另一个人物，与当初的原型毫不相干的人物。

  马蒂斯曾经以真实人物为原型创作过一幅叫《依凡·兰士佩的肖像》的画。女模特的哥哥全程见证了画家的作画过程，让他诧异的是，画布上的人在逐渐偏离原型相貌的同时，却又无比接近人物的真实性格。

  小说家的工作也是如此，为了表现那个最终的真实感，需要克服无数困难，这个过程用"殚精竭虑"一词来形容也不为过。

目　录

嘤其鸣矣　　1

沙漠引路人　　17

橡皮擦　　41

孤岛来的人　　60

河水漫过堤岸　　78

艰难的一天　　94

新，年，快，乐　　108

离开父亲的家　　125

逐流水　　148

在山上　　164

一次远行　　179

带姐姐回家　　197

嘤其鸣矣

那天凌晨，罗老头找来时，我还在棋牌室鏖战不休。筹码就像手中沙，攥得越紧，流得越快。那几个月里，我运气一直不好，他们劝我歇歇再来，我不甘心，想着赢回一点是一点，心里却比谁都清楚，花落水流，机会渺茫。就在我"杀"红了眼之际，一只拳头重重地敲打在我后背上，回头，只见一张黑乎乎、皱巴巴的人脸挡在面前。我揉揉眼睛，手一抖，纸牌差点散落在地。

"你大伯让你过去一趟。

"他在卫生院里，人快不行了。

"要和你谈房子的事。

"对，房子……房子……房子。"

——罗老头的声音在耳边嗡嗡作响，我只听到"房子"两字。我丢了牌，将手中筹码悉数抛出，往卫生院的方向跑去。伯父躺在急诊室铁床上，身上插满管子，听到我的呼喊声，他猛地睁开眼睛，好像要把整个眼珠子挂在我身上。我吓得往后退了退，又不得不哆哆嗦嗦地近身上前。他抬了抬手，努力往上举，可能是想要抓住我身上的某个东西，以便从那床上一跃而起。我很怕他像父亲那样揍我，尽管他从来没这么做过。他眼神中流露出的某种东西让我心里一颤，原来一个人临死前是这样的，那么温暖、慈爱、充满关切。可惜，伯父已无法说话。罗老头从他的上衣口袋里掏出一张皱巴巴的纸条递给我。看完纸条的刹那，我很想骂人，为什么所有人都要和我作对，连死到临头的伯父也不例外。他把房子留给我，又想出这么个馊主意来治我。他们都认为我沦落到如今这一步，全是因为结交了一些不该结交的人，都是那些人害了我。

　　伯父过世后，我不得不搬到他的房子里。它位于半山腰，附近没有住家，夜里尤其安静。为了得到它，我不得不改变自己的作息，早出晚归，像个木头人那样去塑料厂上班、下班。有时，我真想干脆一不做二不休，去罗老头家把产权证、土地证什么的统统偷出来，反正它迟早属于我。

　　其实，整个瓦当镇除了夏小乐，也没谁看中那破房子。就是这个人总在我面前嘀嘀咕咕，说什么一手交产权证，一手交钱，弄得我蠢蠢欲动、烦躁不堪。有一天，我们在塑料厂外面的场地上又遇见了，他再次旧话重提："哥们，你什么时候能把那玩意儿搞到手啊？价钱好商量。我这里真的好急啊。"

　　我知道他最近发了财，还换了新女友，人前人后牛哄哄的，却不知为何盯上了伯父的房子。它不在黄金地段，也不是什么文物建筑。

　　"他×的，你到底看中那破房子什么啊？"

　　"你以为是我想买啊——是苏苤，她想开一间民宿，在瓦当镇看了一圈，就看中你伯父家那块地，还说山坡上的房子，视野开阔，空气好，推门就能望见山，肯定会有很多人喜欢。"苏茌是夏小乐新结交的女友，性子很直，不像镇上别的姑娘，一句话翻来覆去说上老半天，也不知道什么意思。因此，每次看到苏茌，我总忍不住多看两眼。

"原来是苏茌看中那房子了啊。"我心里一阵激动。

"是啊，你小子还不快想办法搞到手。女人们可都是想一出是一出，指不定明天就变卦了。"说完这些，夏小乐伸出他那只戴满戒指的右手在我右肩上意味深长地拍了几下。

我的心忽然不安静了。我一定要找到罗老头，想办法让他答应此事。罗老头的店就在菜场对面。从前，他坐在那里修理钟表，几年前不得不改行修手机，没手机可修的日子就来找我伯父喝酒。有一次，我看见俩人坐在桥洞下，一人手里拎着一只酒瓶子，见了我马上哆哆嗦嗦地站起来，好像有什么见不得人的秘密被我撞破了。如今，伯父不在了，不知他还能找谁去喝酒。

罗老头果然不在修理摊上，问了边上卖臭豆腐的小贩，说好几天没看到他人影了。我找到罗老头位于菜市场后面的铁皮房子，门窗半掩着，没人；又在附近的麻将馆、茶室里找了找，都说没看见他。路上遇见几个场子里的熟人，他们看到我就吹口哨，还没等我走近，就溜得无影无踪。自从我在罗老头的"安排"下进了塑料厂，穿一身灰不拉几的厂服，安静地上班下班，他们就开始联合起来嘲笑我，甚至还咒骂我。厂子里的人，也看不惯我。我总在上班的时候打瞌睡，即使处于清醒状态，心思也不在机器和塑料模型上，惹得同我搭班的人怨声载道。如果不是看在罗老头的面子上，厂长大概早把我开除了。

　　从小到大，除了玩牌，我什么都不会。父亲和伯父都是手艺人，会做木匠活，这还是我们家祖传的手艺。小时候，我也被逼着学过几天，可我实在受不了那刨花的气味，它们让我狂打喷嚏。伯父却说槐木刨花是甜的，柏木刨花有股松香味儿，最好闻的还是樟木刨花。即使闭上眼睛，他也能准确无误地辨别出每种木头的气味。伯父最喜欢的是榉木，因为那种木头的纹理最好看，做出来的家具也雅致。他留给我的房子里就摆放着很多榉木材质的器物。小时候，父母带我去伯父家拜年，大人们喝酒时聊得最多的也是木头，哪种木头硬，哪种软，哪一种最不怕浸水，他们讲得兴高采烈，我却听得昏昏欲睡。

　　听人说，伯父在成为"木痴"之前当过兵，在战场上丢掉半只耳朵，回来后脾气暴躁，性情大变，不娶亲，不与人交往，也不去申请什么政府补助。要是有人劝他把压箱底的奖章拿出来邀功请赏，他就像是被人触到什么痛处似的，破口大骂。如此久了，他们便怀疑他是个逃兵，压根儿就没得到过什么奖章，不然怎么一说到这些就气成那样，太不正常了。

　　大伯过世后，我最想证实的便是此事，翻箱倒柜找了老半天，终于在一个上了锁的铁皮盒子里找到那些镶嵌着五角星、麦穗、伟人头像的奖章，数了数，一共有八枚。它们被包在一个黑色布袋子里，袋子外面还套着三个透明塑料袋，扎上橡皮筋，可谓层层叠叠，密不透风。紫铜胎镀金，银材质，拿在手里颇有点分量呢，我心里雀跃，以为值点钱，上网一搜，到处都是这种东西。

我想起有一年，在网上看完战争片，兴致勃勃地跑去问他：第一次打枪是什么感觉，有没有杀过人，死人是不是很可怕。他不仅什么也没告诉我，还怒气冲冲地要把我轰出门，那模样很是吓人。

从那以后，我就不怎么爱搭理他，直到父母亲过世，他派罗老头找到我，说他的房子以后会留给我。

我有些疑惑："是不是，从现在起，我得养着你，给你钱？"

他摇了摇头："不用的。"

我问："那么，你有什么需要我做的吗？"

他还是摇头："我不需要你为我做什么。你只要自己过得好，不乱交朋友就行。"

我当然过得挺好啊，一个人吃饱全家不饿，没什么不好的。但我不相信这世上还会有人真心对我好，哪怕这人是我伯父，我父亲的哥哥，一个没有子嗣的怪人，我也并不完全相信。

我在这世上活了二十八年，与家人的关系却一团糟。父母一开始很宠我，拿我当宝，百依百顺，到后来只剩下打，将我绑在柱子上用鞭子抽，直到年纪大了，实在打不动了，才彻头彻尾地不再管我。我知道自己做事不行，没有耐性，唯有玩牌方面还有点天赋。知道这点后，我便苦练牌技，钻研各种洗牌法和控牌技巧，训练自己在最短时间内记住一副打乱的扑克牌里的点数花色。钻研得越深，越清醒地知道这都是概率问题。即使输上一百次，也不代表下一次就能赢，除非通过增加次数来提高概率，但短暂的人生不允许一个人这么做。父母说得没错，干这种事情是没有前途的，搞不好还会把自己送进监牢里。

要是死去的双亲知道我如今正规规矩矩地上着班,不知作何感想。自从进了厂子,我的生活发生了大变化。我没有朋友了。之前和我玩牌的人不和我玩了,塑料厂里的工人也没把我当自己人。

"这人呀,吊儿郎当的,坚持不了几天。"

"不信呀,走着瞧吧。"

——几乎所有人都这么说。连我自己也是这么打算的,先熬上几个月再说,反正一年后我肯定不干了。一开始,我还像只没头苍蝇,一下班就去找原先的朋友玩,给他们端茶倒水,买烟买酒,就像孙子伺候自家爷爷。可他们喝光我的酒,抽完我的烟,仍对我爱理不理的。无论我做什么,他们都一副高高在上的神情,好像我做了什么伤天害理的事。

我知道他们嫉妒我,不仅继承了房子,还有了工作,这种情形下,无论我做什么,他们都不会领情的。想明白后,我强迫自己不去找他们。不上班的时候,我去镇子周边晃荡,荒废的皮革厂,山坡上的烂尾游乐场,变电所后面的公共墓园,墓园对面的水杉林……没想到镇子除了麻将馆和饭店,还有那么多地方可去。走累了,我就在河边草丛里躺下,把外套一脱,盖在脸上,呼呼大睡。

我在小镇外面的河边找到了罗老头。他在那里钓鱼,几天不见,好似变了个人。他也说我和从前不太一样了。我问他怎么不一样了,他嘿嘿一笑,也不说话。我在河滩边坐下,看水流随着河床缓慢地流淌着,心情似乎也随之平静下来。我把随身携带的酒瓶子递给罗老头,他说自己已经戒酒了,不想有一天像我伯父那样一头栽倒在地,连个收尸的人都没有。

那一刻,我似乎忘了此行的目的,怔怔地望着他,有些看不透他。

他问我在塑料厂干得怎么样,如果有什么不顺心的,尽管跟他讲。我告诉他没什么不顺心的,如果有,那也是暂时的。我相信自己很快就能适应。说这些话时,我还是觉得伤感。在内心深处,我渴望朋友,真正意义上的朋友,哪怕只有一个。但不是棋牌室里那帮子人,更不是塑料厂里的人,我不知道真正的朋友在哪里,怎样才能找到。

黄昏,我等罗老头收了鱼线,俩人一起走回镇上。我请他在桥头饭馆里吃酸菜鱼,还点了一瓶绍兴产的加饭酒,但无论怎么劝,他都不愿喝上一口,还说既然已经决定戒了,就不能只是嘴上说说。不喝酒,下酒菜也变得索然无味了。酸菜鱼吃了一半,罗老头搁下筷子,看着我说:"如果你最要好的朋友还有事瞒着你,你会怎么想?""在这镇上,我可没什么要好的朋友。"我往喉咙里灌了一大口,不以为意地说。随即,我想到伯父——他说的是伯父吗,难道大伯有什么事瞒着他?

罗老头向我讲述自己当年如何混进逃荒的人群中来到这巴掌大的小镇上,先是打短工,后来跟人学习修理钟表,直到认识我伯父后,才决定永远留下。那时候的伯父已丢掉半只耳朵,总是呆坐在弥漫着刨花气息的木工房里,不愿多说话。多年后,当家乡那边的亲戚找上门来,罗老头却不愿回去,他告诉自己,朋友在哪里,故乡就在哪里。

"每年冬天,你大伯都要离开瓦当镇,短则七八天,长则半个月。他从不告诉我去了哪里。一开始,我以为他是去看望某个相好,就和他打趣,'可以把女人接过来一起住啊'。听了这话,他很生气,好几天不搭理我。

"后来,我才慢慢明白过来。有时候,我真的很想知道那人是谁,他与你大伯到底是什么关系。

"现在,我有个预感,那边的人或许马上就会找上门来。"

……

我并不知道大伯每年冬天外出的事。在此之前,我还以为他足不出户呢。他到底去找谁?我们家的亲戚不是住在瓦当镇,便是在五公里之外的岩石镇。这个家族的人不习惯出远门,父母在世时经常念叨一句话:"离家越远,越危险。"他们认为我尽管吊儿郎当,但还没有坏到十恶不赦的地步,只因我还未出过远门,也就是说,我的胆子和坏心眼儿还没机会被喂肥。

我想起大伯屋子里藏着的,镶嵌着五角星、麦穗和伟人头像的奖章,马上对罗老头说:"死人。"

罗老头不解地看着我。

"他应该是去给死去的战友上坟了。"我解释道。有些地方就是冬至前后扫墓,人们带上美酒佳肴,去那荒郊野外与人说话。

罗老头并不同意我的说法:"你大伯探望的那人还活着,这会儿正在来这里的路上,马上就要到瓦当镇了。"

"你收拾一下房子,那边的人马上就要到了。"

罗老头说得煞有介事,好像身上长着千里眼,顺便还能听风。平时,我很少观察人,注意力总在自己和朋友身上。此刻,我不由打量起眼前这个行为举止有些怪异的老人,自大伯过世后，他整天拿着钓竿坐在水边，钓钩上根本没装饵料，能钓到鱼才怪呢。

　　我已经在伯父的房子里住下，但我一点儿也不想打扫房间，我总觉得自己随时可能离开这里。最多一年。一年之后，我肯定不在这里了。我一直想离开瓦当镇，从前可能是放不下那帮从小玩到大的朋友，现在，没什么舍不得了。要说还有一点点牵挂，那就是阿辉，他曾经帮过我。那段时间，在我身上发生了一件糗事——父亲扬言要和我断绝关系。阿辉把我藏在他家阁楼上，给我送吃的、喝的，还给我钱花。如果能把伯父的房子顺利卖掉，我打算留一些给他。人情了掉后，我和他也就没什么瓜葛了。但卖房子的事儿可没那么容易。几天前，我在塑料厂外面的场地上又遇见了夏小乐，这回轮到我发急了："我可以写一张条子，将事情定下，到时候再过户。你看怎么样？"他支支吾吾，一会儿说苏荭出远门去了，等她回来再说，一会儿又让我去找别的买主，可能他们更需要。

　　看来传言是真的，他们都说苏荭跟一个开卡车的外地人跑了，那卡车司机原本是给夏小乐送货的。瓦当镇上的人看见这一男一女站在货物旁边聊天，两个人的身体越凑越近，就像一朵并蒂莲，有说不完的话。

　　冬天过完是春天。转眼间，大伯已经离开三个多月，我在机器轰鸣的车间里也待了三个多月。我没有像人们预料的那样半途而废，但也没能就此洗心革面、重新做人。我仍然不甘心。我可以容忍三班倒、怎么也睡不够、很累很累的体力劳动，但无法容忍没有朋友的日子。从小到大，我所有的努力都是为了获得友情。

八岁那年，村里来了一个穿背带裤的城里小孩，为了吸引他的注意，我竟当众表演起翻跟斗和吃草，还假装吃得津津有味，惹得众人目瞪口呆。后来，还发生过几件类似的糗事，学鸟叫、学猪跑，有一次差点跳进烂泥塘里打滚。我从没想过要结交什么样的朋友，但当这样的人站在我面前时，我马上就能感知到，就像当年看见那个穿背带裤的小孩。

如今，整个瓦当镇，唯一愿意和我说话的人就是罗老头了。他每次看见我，都会问："他们来了吗？""来了一定要告诉我啊。"他仍然每天去河边钓鱼。那是必经之路，所有外来的车子、行人都要走过河上的水泥桥，才能进入瓦当镇。

那天早上，我下了夜班，回到伯父的房子里，迷迷糊糊快要睡着时，听见一阵砰砰砰的声响。一个年轻人从那敞开的木门外气喘吁吁地冲进来。他的背上趴着一个独腿老人，灰白的头发被风吹得凌乱，嘴唇不停地蠕动着，却说不出一句完整的话。年轻人自称是老人的侄儿，他们来自一个叫石浦的地方，到这里寻找一个叫孙建兴的老人——那人就是我的伯父。

年轻人骂骂咧咧，向我诉苦："我可被这老家伙整惨了。"原来，这一路上，因为老人的固执己见，他不得不推着那破车子，昼行夜宿，走了七天七夜，才找到我这里。

我把伯父过世的消息告诉叔侄俩，老人听了泣不成声，眼泪从那张如树皮般皱缩的脸庞上不断滴落下来。很长一段时间，屋子里响着抽抽噎噎的声音，我和年轻人面面相觑，尴尬万分。老人声泪俱下的讲述由此开始。当年，是负伤的伯父将他从死人堆里背出来，一路上吃冻土豆、嚼草根，走了三天两夜才找到队伍。战争结束后，他们约定每年冬至前后，在海里的大鱼肥美之时相聚一次，由行动自如的伯父去往老人所在的海边村庄。这约定除了中间有一年因暴雪未实现外，几乎从未中断过。

去年冬天，老人断腿的残根部开始隐隐作痛，他买来药酒喷在患处仍不见好转。他一边忍受痛楚，一边等候伯父到来，好不容易熬到春天，他说服侄子带他出门。侄子让他坐汽车去，他死活不肯，非要躺在那辆平板车上。好几次，精疲力尽的侄子差点儿将他丢在乡间小路上，拂袖而去。

年轻人一边玩手机游戏，一边苦笑着说："别人还以为我们是乞丐呢，就差往我们的板车上扔钱了。你帮我劝劝他，回去的路上，还是坐车吧。"

"对，应该坐车。还是坐车方便。"我笑笑望向老人。他正坐在伯父的椅子上，微笑着，一种淡淡的羞涩落在那张皱纹密布的脸上。

老人在伯父的房子里住了三天。

我带着年轻人在瓦当镇也晃荡了三天。我把从小到大走过、玩过的地方都一一指给他看，他对任何事情都表现出勃勃兴致，好像我的过去是座宝藏，能给他带来无尽的欢乐。我问他是不是去过很多地方，不然怎么什么都懂。他说自己去过最远的地方就是这里，他没想到这里会这么好玩，比他居住的海边村庄好玩多了。我当然不这么认为，这里不仅没什么好玩的，还让人感到厌烦。所谓小镇，不过是两座大山之中掘开的一道豁口，唯一充满生机的是那条河，可连它也不愿久留，从镇子外边匆匆跑过，一

11

路奔流入海。

我们走累了，坐在离塑料厂不远的山坡上，看一群孩童在田埂上追逐，将楝树的果子往对方身上扔掷。后来，他们跑远了，欢笑声也渐渐远去。太阳快下山了。我指了指一个天蓝色的厂房，告诉他自己就在那里上班，我要上三种班，日班、夜班和中班。我最喜欢的是夜班。这样，就不用走在深夜的马路上，撞见那些像夜游神一样到处晃荡的人。我没有告诉他，那些人都是我过去的朋友。如今，我们为了寻找真正的朋友，将彼此遗弃了。

往事历历，蛛丝般缠绕在脑海。我战战兢兢地向年轻人讲述当年的自己如何在麻将馆和棋牌室——这些世人以为混账、堕落之地，结交到世上最勇敢、最忠诚、最讲义气的朋友。为了那些痴迷牌戏的朋友，也为了自己，我苦练基本功，几乎到废寝忘食的地步。据说真正厉害的人看牌是透明的，能从背面判断花色和大小。我一直相信有这样的本领存在。我要练成那样才肯罢休。直到有一天，他们告诉我这世上根本没有透视眼，而是有人在牌上涂了一种特殊药水，再加上一副隐形的透视眼镜，这就是全部秘密。我可不想去买什么药水和眼镜，我要凭本事让技艺臻于完美。当然，这只是痴人说梦，输赢和牌技有一定关系，但不是最重要的。我迟迟没有行动，也不让他们"作弊"，那些人就集体嘲笑我，觉得我是孬种，胆小如鼠。

……

我不知道自己为什么要说这些真真假假、莫衷一是的话，我忽然变得愚蠢、饶舌、没头脑、喋喋不休，难以控制。至今，我还记得他的表情，尴尬与难以名状的笑意混合在一起，本意是想表现笑容,结果却比哭还难看。他居然说,没想到一个人在那样的环境里还能如此洁身自好。说到"洁身自好"这词时,那"哭笑不得"的表情更为明显了。

我们赶在天黑前回到伯父的房子里,罗老头煮了一锅子咸肉莴苣菜饭等着我们。大老远,香味就从坡地上飘落下来。我腹内空空,像藏着一座山谷,可以吞下任何东西。我们爬过最后几级台阶,来到坡地上,屋子里没有点灯。山下的世界早已灯火通明,这里却宛如洞穴。推门进屋,有微弱亮光来到面前,白色烛光、煤油灯的暗光以及灶膛里跳动的火焰组成了一个不甚分明的世界。

"镇上的电工被朋友叫去喝酒,要明天才能来。"罗老头的声音从客厅那边传来,好像来自很远的地方。

我装模作样,去配电箱上试了试,自然没能让屋子恢复光亮。要明亮的灯光做什么,有这些跳跃、闪烁的烛光就够了。我们像家人那样围坐在一起。那张榉木餐桌,还是大伯亲手打造的,此刻正适合四人对坐。或许,他早已料到这一天的到来,说不定正在暗处打量着我们呢。

桌上,除了咸肉莴苣菜饭,还有一大碗紫菜虾米汤——那是来自海边的汤。我们看着碗里的米饭、汤上弥漫的热气,但看不清彼此的脸。黑暗中,似乎有什么东西把人慢慢推挤到一处。我挨着年轻人,罗老头挨着那老人,短短三天,我们倒像是度过了很多年。有隐约的声响从山脚下传来,比完全的寂静更让人安心。迷糊中,我注意到罗老头的身体向着老人越靠越近。自从这一老一少来到这里,他便形影不离地陪在老人身边,俩人嘀嘀咕咕，大伯的名字不时出现在他们嘴边，而我的注意力全在那年轻人身上。如今，我已经知道他的名字，但根本无法轻而易举地叫出。这几天，我已将过往之事，虚虚实实，一股脑儿地抖搂在他面前，此刻忽然生出悔意。我偷偷观察近在咫尺的人，却辨不出他眉睫下垂时的表情。

明天，他们就要离开这里了。有若干条回家的路线，一是火车，K字打头的慢车可直达沿海小镇，这是最省力的路径；二是长途汽车，中间要换乘一次，站内转换，总费时较火车少；三是由来时的交通工具送回。

不知他们会选择哪一种。

无疑，此人在离开这里后马上就会结交到新朋友，更多、更好的朋友，将我彻底遗忘。而我不会。此刻，我真希望自己会一种独门法术，能在滚烫的木炭或破碎的玻璃上行走，会喷火，能倒立，刃物刺身而不见血，行于水面而不沉。我想表演其中的任何一种，或轮流上阵，它们堪比小时候所做的翻跟斗、吃草、学鸟叫。可现在，我不仅身无长物，还说不出一句完整的话。

没料到罗老头会带酒来，还以为他已经戒掉了。当他哆哆嗦嗦地把棕色酒瓶从怀中取出放到桌面上时，我好似看到了希望。瞬时，滚烫的酒液化作闪电在我们体内横冲直撞，直把人摔得四仰八叉。一屋子老老少少开始互拍肩膀，互称兄弟。

"我亲爱的手风琴，你轻轻地唱，让我们来回忆少年时光……嘿嘿！我们深厚的战地友谊，就在那行军路上温暖我们的心。那道路引导我们奔向前方。嘿！哎！那道路引导我们奔向前方！……穿森林过海洋来自各方，千万个青年人欢聚一堂。拉起手唱起歌跳起舞来，让我们唱一支友谊之歌！"

……

我打着拍子，哼唱着，炽热的歌声好似铁器斫出的火花，不断迸逸、飞溅、上扬。几乎是猝不及防，我胸口一热，这热流传递至腰部、腿部、脚后跟，我"刷"地站起来。眼里只有那年轻人。在他面前，我四肢战栗，身体缩了又缩。脑海里，往事纷扰，奔袭而来。歌声激起我飞翔的欲望，我想起小鸟在空中盘旋，鹰展翅高飞，飞蛾在火焰里扭动、变形，我的身体想化作小鸟、火焰、鹰或风，就此隐遁或逃逸。

我迫不及待，从箱子里找出那块闪烁的蓝丝巾，一顶小丑戴的红帽子，一双特大号红舞鞋，这就是我的全部道具。它们被冷落已久，散发出怪味道。我披了丝巾，戴了帽子，穿了舞鞋，身体摇晃着，在年轻人面前扭动起来。我嘴里发出尖叫声，身体被一阵大风顶起，升至半空，进入风暴之眼，无法停下。它以奔马的嘶鸣、以无节制的扭动、以狰狞的面目——去接近某个飞驰的瞬间。

那些画面在我脑海中回旋。一幕幕，宛如默片，连续不断。渐渐地，它们播放的频率与风的速度一致。但我还是看清了，那辆简陋、破损的板车被装饰一新，挂上节日的彩灯，装上太阳能发电板，还有一台木壳收音机，为了一个共同的目标，我和新朋友走在一条荒无人烟的道路上。

那天晚上，在我左边，有人在翻跟斗和吃草，在我右边，有人学鸟叫、扮演跳舞的小丑。他们旁若无人，做着自以为正确的事。

我主演了一出货真价实的丑剧，丑到不能再丑，父亲在世时常常因此杖责我，恨不得将我打死，骂我是贱骨头，丢人现眼。他容忍我打架斗殴，在牌桌上流连，但对此不可原谅，怒不可遏。我忍了那么多年，道具在箱子里锁了那么多年，那一刻，再没有什么能阻止这一切的发生。

　　从那以后，我再没有见过年轻人，连罗老头也从我的生活中消失了。我怀疑他已追随那叔侄俩而去。一切都是我的错，我没能留住他们，我把他们吓着了。

　　我将房子以低价转让，从此离开瓦当镇，开启流浪之旅。我拜江湖上走街串巷的杂耍艺人为师，遵照《杂技传承集萃》等书籍指导苦练穿墙术，以致弄得鼻青脸肿、苦不堪言；我还学习如何吞下灯泡，并在肚子里将它打开，让整个腹部变得灯火通明；最让我心心念念的是一种与绳子有关的逃脱术，被抛起的绳子向着天空笔直上升，人们可由此登上绳索，消失在空中。我深信，所有这些魔术，我只要学会其中一项，就能找到一条通往未来之路。

沙漠引路人

一

那条棕黄色小路夹带着砾石和沙,以对角线的形式穿过棉花地,通往不远处的沙漠。

十几天前,我从平原城市飞抵这西北边境,脚踩足踏之地整整抬高了一千多米,越往西北越高。在遥远的汉唐时期,这里是帝国的边境,再过去便是西域,"西出阳关无故人"的故事就发生在此地。一个月前,错过的电话便是由此拨出——姨母一开始以为是诈骗电话,待她犹豫再三后拨打过去时,对方告诉她,打电话的女人刚刚离开。

我从邮局皱缩的黄页本上获悉地址后,找到一家杂货店。一名瘸腿男子坐在门外台阶上喝着当地产的地瓜酒。玻璃柜台上有一本倒扣的书,封面画着黄褐色几何图形,有城墙、沙丘和烽火台。后来,我才知道这本叫《鞑靼人沙漠》的小说写的是一个军人在边疆等待建功立业,临死前才等来敌人入侵的消息。街对面,一个小男孩蹲在角落里玩沙子,偶尔朝我们这边张望一眼。这里的街上到处都是沙子,风沙拂面,让人睁不开眼睛。

货架上陈列着一排墨绿色杯器，男人用略带沙哑的声音告诉我，这就是夜光杯，用祁连山玉石做成，倒入酒后，还会变色。那种神奇的杯子怎么会出现在这里？我不敢相信。

我并不指望找到她，但既然来了，总要问询一番。讲起一个月前的电话，男人居然还记得："她来打电话那天，带着一只小狗，她管那狗叫'豆豆'，还给它买香肠吃。她和你一样，也对夜光杯感兴趣，捧着那杯子，看了又看。""从那以后，你还在别的地方见过她吗？"男人摇头，退回角落继续喝他的地瓜酒。我买下他的夜光杯——那么美的名字，总能让人想起过往岁月。

我在小城的绿洲旅店住下，每天跑到一个叫春花桥的地方看人酿酒，听旅店老板说，那一带住着很多来自江浙的生意人，或许可以打听到一点有用的消息。我连着去了好几天，都一无所获。离开春花桥，我去桥头的王记面店吃面，此地的面食真是好吃极了，面质柔韧、劲道，很有嚼劲。待店里只剩我一人，随口询问包头巾的女人是否见过一个来自南边的女人，她直愣愣地望着我，什么也没说。

那天下午，我在旅店房间里休息，店主过来敲门，说："姑娘，有个狗狗娃找你。"此地居民称小孩子为"狗狗娃"，既是贱称，也是亲昵表达。打开门，一眼便认出是杂货店门前玩沙的男孩，他说要带我去个地方，"你要找的人可能就住在那里"。昨天，他们店里来了一个满脸皱纹的老妇人，说有个来自南边的女人帮她找到了沙漠里的寺庙，让她的儿子转危为安。

我们穿过卖黑枸杞和香料的店铺、散发出奇异香味的酿酒作坊和两家驴肉黄面店，看到几个肤色黝黑的本地人坐在杨树下喝一种叫"醴泉"的白酒。一年四季,他们不是喝酒,便是等雨。为了祈雨,有人还跑到沙漠里寻找传说中的寺庙,以此显示自身的虔敬。在男孩的带领下,我来到街道尽头,再往前就是沙地了。男孩停在核桃树下,指了指不远处的蓝色铁皮小屋,"你自己过去吧"。我来此地多次,但从未注意它的存在。

很多个黄昏,我被那片沙地吸引,好像那是大海或陆地的尽头。但每次,我都是犹豫地站立许久,再掉头回去,有个声音似乎在耳旁说"此地危险,赶紧回头"。

孤零零的蓝色铁皮小屋,就像刚刚被人搬到此地。我知道钥匙藏在哪里。从前,在写满"拆"字的楼房里,她将它藏在门口地垫下。果然,它还在那里。眼前的这一枚,树叶般轻盈,拿在手里有种奇妙的触感。小屋显然有人居住,床上物品叠放得很整齐,锅碗瓢盆还带着水渍,可能,主人只是暂时离开一会儿,很快就会回来。

我退了房间,将行李搬过去的那个下午,有人来敲窗户。一个小女孩站在窗下,仰头,踮起脚尖,好奇地望着我。她的眼睛介于琥珀色与肉桂色之间,很像某种玉石的颜色。看到我的刹那,她眨了眨眼睛,很快跑掉了。

第二天一早,一个包彩色头巾的女人站在门外,她身上裹得严严实实,只露出一双机警的大眼睛,猎鹰一般。她从肩上甩下包袱,丢下一句话——"帮我交给这屋子的主人",便气呼呼地走了。打开包袱一看,里面除了面粉、土豆、白兰瓜、苹果外,居然还有一簇带露珠的苦水玫瑰。

三天过去,屋子里来了好几拨人,他们像是有求于这个屋子的主人,却因为某种原因无法说出。临走时,他们都说过几天还会再来。

那天早晨,我穿过什么也没种的荒野,来到被夜晚冷却的沙地里。这是我第一次走那么远,有些兴奋,还感到莫名的担忧。沙子在脚下蔓延,就像水,但它们无法留住我的脚印,我完整的脚印还落在核桃树下。我没让自己走太远,总在还能看到铁皮屋时及时返回。

我经常在梦里听见她回来的声音,赤脚走过核桃树,来到窗下,推门而入。或许,还有那条狗的身影,很多人都跟我提到它。好几次,我看见黑影从门外飘然而至,杵在我的床前,但当睁开眼睛,眼前却什么也没有。

二

这一切还得从那个电话讲起。我还能想起那天早晨,电话那端,姨母带着哭腔向我诉说她的不是:既不接电话,也不回短信,就像人间蒸发了似的。她当然没有人间蒸发,她只是不想见人,哪怕是自己的母亲。

那次,我遵姨母嘱托寻到她租住的小区,找到那幢临河的房子,楼道很暗,有一股子潮腥气。门铃坏了。我敲了一会儿门,停下,犹疑着,再敲。我怕吵到左右邻居,这种房子墙壁薄,隔音效果差。我希望是地址错了,她应该住在一个更好的地方,她不缺钱,她的丈夫很有钱——至少不该是眼前这种房子,铁门外还设有一道栅栏门,上面蒙着一层沾满尘埃的纱帘,就像一个洞穴。

可开门的人就是她。一张苍白的脸出现在洞口，怔怔地望着我。屋里光线很暗，所有透光的地方都有布帘遮着。空荡荡的房间，除了一只沙发、一张方桌、几只塑料椅凳，几乎没别的了。我的目光扫过光秃秃的墙壁，看见一两处铁钉存在过的痕迹，可能那上面挂过明星海报、世界地图之类的东西，属于一个叫小伟的少年。

见我目光游移，她开口道："没什么东西了，都被我送人了。我买的那些东西，都被我送掉了。这些是房东的，不能送。"——她指了指沙发桌椅，忽然笑了。"表姐——"我讪讪地叫了一声，某种飘忽不定的情愫似乎随着这一声叫唤又回来了。

"是我妈叫你来的吧？你去告诉他们，我不打算回去了。"她一向快人快语。

我想着该如何说服她，说出口的却是——"方便的时候，去我那里住几天吧。"

"去你那里白吃白喝白住，直到有一天被你嫌弃？"她一双眼睛斜觑着我，好像在观察我的反应。

"那总比流落街头好。"我尴尬地说。

"不，我宁愿流落街头。"她笑了，看到我的窘态，似乎更得意了。从小到大，无论什么事，她总是一副胜券在握的样子。

这是中学毕业后第一次与她正面接触。这一年，她四十一岁，与十几年前相比，模样并没有改变太多，但有什么东西不一样了。从前，她可是"乖乖女"。父亲早逝，她不得不听从母亲建议，在一大堆追求者中选了一个家境富裕的年轻人；之后为了顾全婆家生意，她辞去教书育人的工作；孩子生病后，她更是独自将其带到省城寻医问药。母亲告诉我一些不得不相信的事，说她曾跪在某专科医生面前，求他救救自己的孩子；为了讨到所谓的秘方或偏方，被人骗去大笔钱财。

现在，一切都过去了，他们认为她能做的就是回到丈夫身边，过完平静、安稳的下半生。

那天，例行公事地劝说一番后，我就回去了。后来，大概还是她丈夫过来把她带走了。她在老家待了半年不到，便离开了。离开前，她办了两件事，一是离婚，二是把丈夫分给她的钱都留给母亲。此后，便从镇上彻底消失。

对她的拜访只是我日常生活中的一段小插曲，如果不是后来我们的生活再度出现交集，早被我忘记了。那天，我在外面散步，竟然接到她的电话，说房子租期到了，想来我这里住两天，等找到新的住处，马上搬走。我居然感到意外和受宠若惊，没想到她会给我打电话。血缘关系曾给过我们温暖和依恋的感觉，但早已随风而逝。当晚，她就过来了，除了皮箱和一只随身携带的背包，没有更多的行李。她瘦了一些，皮肤晒黑了，看着精神还不错。餐桌上，她兴奋地告诉我，她已经找到一份好工作，没有老板管束，无须处理复杂的同事关系，不仅上班时间自己说了算，还绝不会被拖欠工资，很自由。

"那是什么工作呢？"

"你猜猜看。"

"猜不出。"我嘴上这么说，心里却有隐隐的担忧。

"我在做外卖送货员，没想到吧？"也不是完全没有想到，但当她这么说时，我还是有些吃惊。

几天之后，在我出门办事时，她将我屋子打扫干净后，留下一张纸条，走了。她的房子已经租好，在城郊接合部。我松了口气，以为她不会再联系我。没过几天，她却发来租房照片，说那里并没有想象中那么差，反正房租便宜，也不需要拼命干活来养活自己。她告诉我那里住着一些外来务工人员，她帮那些孩子补习功课。后来，我才知道她不仅帮他们免费补课，还给他们钱治病。他们都是以前她在医院里认识的。小伟离开后，她还和他们保持联系。

我一直想去那里看看她，但脑海里一旦浮现那种混乱不堪的场景，便本能地想要躲避。大学毕业那年，我在那种地方住过三个月，夜里睡觉也不得安生，老是担心有人破门而入，眼前总浮现一些衣衫褴褛的人，心里非常害怕他们——实则害怕成为他们中的一员。

七月半那天，她发了地址过来，邀我过去吃饭。我坐了一个多小时公交，下车后又走了十几分钟，沿途打听了好几个人，才找到那幢砖瓦结构的灰房子，水泥外墙上写着一个个"拆"字，字形慌乱，不成样子。门前是荒草丛，半昏暗的光线中，蚊蝇乱飞。我沿着没有栏杆的楼梯往上走，一口气走了五层楼，热得直冒汗。一条狭长的走廊，两边房间依次排开，我寻着门牌号，一直往前走到底。煤气灶摆在过道上，她正在炒菜，看见我，努努嘴，示意我先进屋坐下。屋里开着空调，内机漏水，底下接着一瓷盆，正叮咚作响。只是一个单间，客厅兼餐厅与卧室之间以门帘相隔。小屋气氛诡异。除了灯光，还有摇曳不定的烛光，蜡烛燃烧的气味让我想起早年祭祀先祖的场景——黑压压的祠堂里，一桌子家乡菜，鸡鸭鱼肉，九大碗。她娴熟地焚香、点蜡，给死者添加饮料，用酒瓶盖子占卜。我站立一旁，恍惚看到外祖母的身影。

其实，从进门那一刻起，我就想夺路而逃，但终究没这么做。终于，她结束仪式，将祭品重新加热、上桌。我们围坐在一起，听着空调内机的漏水声，狼吞虎咽。饭后，我帮着她整理、收拾，打扫卫生。她站在门外过道的水槽前刷碗。我等着外面的流水声停止，就告辞回家。我要赶在最后一班公交收车前回去，绝不能留在这里，滴水的空调内机会让我发疯，蜡烛燃烧释放出的刺鼻气味会不断往我鼻孔里钻。

"好了，我们出去走走吧。"她微笑着，挽着我的胳膊下楼。一路上，我都想着如何挣脱她，去赶那最后一班公交车。

"我该回去了——"但像有什么东西阻隔着，我始终不能将这句话说出口。

我们摸着黑在大楼里走。没有栏杆，楼梯好似在摇晃，要将我们甩出去。待终于走出楼宇来到地面上，有草叶擦着我的脚踝，有蚊蝇追逐、叮咬，我才感到落了地。不敢回头，生怕那黑暗中的庞然大物轰然坍塌。

离开大楼，她挽着我的胳膊往街的那头走去，与公交站台完全背道而驰。她神情镇定，一言未发，好似重任在肩。到处都是未竣工的楼盘，塔吊和防护网随处可见，路灯通到看不见的远方，不知她要将我带往何地。

一截水泥管子横亘在路边草丛里，路灯打在管口处，好似这座城市的另一个微型入口。管口地面上有一截树枝，断茬新鲜，还缀着几片叶子。她丢下我，踢开树枝，不假思索地钻了进去，留下目瞪口呆的我。还未等我回过神来,她已经从那里面爬了出来,拍了拍身上的灰尘,带着那种沉醉的表情说道:"你知道吗?我曾在这种管子里待过一晚。"

"你过来看看,里面并没有那么糟。"

"怎么样,你想不想试试?"她露出那种轻盈的笑,不像是恶作剧,更不是玩笑。

空气从四面八方挤压过来,好像要把我压成齑粉,脑子里的血液已停止流动,全身的血液好似也被冻住。就在我想着这个人是不是疯了时,她却再次挽着我的胳膊,哼着歌,若无其事地将我带离那里。

三

来这里后,我很少出门。白天,我躺在床上听风的声音;到了夜里,那些声音变得无比尖锐,它们携带碎石与细沙不断敲打窗户,好似告知我沙漠那边的消息。屋里,除了锅碗瓢盆、桌椅板凳和床,没有一点多余的东西——可谓"家徒四壁"。我不止一次地想过,如果将这样的生活安在我头上,又会怎样?

我的职业是英语翻译,在此之前,刚刚译完一篇叫《往高处去》的当代小说。小说讲述了一个没有工作的底层女性,离开丈夫和家人,过着近乎流浪的生活。她热衷于在荒野搭建房屋,以废弃砖块,以任何能找到的东西,就像一个虔诚的信徒,一心一意地沉浸在自己的世界里。直到有一天,她蹲在荒草丛中大哭,眼睁睁看着推土机将她的"城堡"推倒,从大地上抹去。哭完后,她起身将衣物食品分赠给他人,别人问她去哪里,她仰头,凛然一笑，说："往高处去……更高处去。"译到此处，我也忍不住潸然泪下。好像那女人不是虚构世界里的人物，而是活生生的人，因为翻译，我们的命运被紧紧地捆绑在一起。

来这里后，无论看到何种景致，我总会无缘由地想起她，不知她在世上的哪个角落生活，又过着怎样的日子。此地白日很长，夜晚姗姗来迟，且更为漫长。唯一值得欣慰的是，铁皮屋子也有窗，窗外是一片少雨的土地，树木光秃，植株低矮，好似多年前便已停止生长，但我知道一旦雨水降临，它们马上就会变个样。类似的传说在当地流传颇广。比如，某处沙地一夜之间长出树木，并像热带雨林一样丰饶；比如，一个长途跋涉的旅人如何在沙漠里寻找到甘泉，它就躲藏在十几厘米的地表之下，躲在旱柳、胡杨和丛生禾草的下面；还有更夸张的说法，说某处的山以纯银缝制而成，某处的黏土可以直接用来煮饭。总之，在别处绝不可能的事，在这里都显得顺理成章。

凌晨，我还在睡梦之中，她回来了，屋子里立即涌进一股沙粒和岩石混合而成的气息——她把沙漠里的风也带回来了。她推开房门，在那张唯一的床上躺下，就躺在我的右手边。不久，小屋里响起轻轻的鼾声。这个清晨似乎格外漫长，天迟迟没亮，我等着亮光穿过小屋的缝隙，照到我的床前。

不知过了多久，那声音从微茫的光亮中传来："你怎么来了？"

"不好意思，希望没打扰到你——"我听见一个声音战战兢兢地回答了她。

"你来这里做什么？这里什么都没有，沙漠里什么东西都长不出，那么荒凉，什么都没有！"她说着说着，似乎有些愤愤不平。

"不为什么……就是想过来看看。"我甚至没想过会找到她。

"你回去告诉他们，我在这里挺好的，别再来找我了。"她一脸嫌弃地看着我，好像我的出现打扰了她的清修。

"告诉他们什么呢，说你在这里做向导，做得很好，不准备回家了？"

"随便说什么啊。反正，我又不在意这些。"她耸耸肩，笑了。眼前的她，脸庞黝黑，颧骨高耸，表情含糊，没有大喜大悲之色，对这一切完全是听之任之，大概也是满不在乎。

找她的人很多。他们去沙漠的理由五花八门，有人为寻觅一块罕见的石头，有人为见识某种濒临灭绝的鸟类，有人为给患难中的家人祈福，更多的人只是想去里面快乐地游玩一番。看她这么忙碌，有这么多人需要她，着实让我意外。而刚来此地时，她连工作都找不到，不得不到餐馆里洗碗、刷盘子。"反正，我又不是第一次做这种工作。"她倒坦然得很。

"后来……姐夫有找过你吗？"来这里之前，那人还给我打过一通电话，叫我一有消息就告知他。

"找啊，怎么不找，天天打电话来让我回家，一天好几个电话，没办法，我只好连手机也停用了，任谁也找不到。"她笑了，似乎为此感到得意。

"其实，他这人还是不错的……"我知道她并不爱听这个话，但还是说了。

果然，她一阵冷笑："呵呵，还不错？你什么都不知道，居

27

然敢这么说。他现在没钱了，彻底穷了，赌博赌输了，被骗子骗光了！相好的女人也跑了，才想着让我回去伺候他，我才不上这个当！哈哈，你可能还不知道，当年，我就是为了钱才嫁给他的。那时候，我妈要死要活的，非得让我嫁个有钱人。现在，我们离婚了，什么关系也没了，难道还要我跟着回去，来个破镜重圆？我可不是什么贤妻良母！从前可能是，现在早就不是了。"她的嗓门还是那么大，与之前一模一样，而脸上的表情完全是不屑。

到底发生了什么，让她如此愤愤不平，甚至有些歇斯底里？

我讪讪地笑了笑，不知该怎么说，或许事情不全是如此？

她摆摆手，示意我不要再问下去。来这里后，她的态度总让人捉摸不定。某些时刻，她习惯性地沉默，另一些时刻又言语滔滔，恨不得将所有想法一股脑儿倾倒而出，毫不设防。那些天，在她略显絮叨的讲述中，频频出现一个叫芳姐的女人。自从结婚后，不用说异性知己，她连同性朋友都少得可怜。

"来这里后，我经常一个人跑到沙漠里玩。那种地方虽然荒凉，但让人感到踏实，你可以在里面做任何事，谁也不会来管你。当然，我也不做什么事，无非是到处走走、看看，打发一点时间。有一天，就是在那里面，我遇见了芳姐。她的职业是沙漠向导，给人带路的。即使不是工作时间，她也喜欢跑去里面玩。见过几次面后，芳姐邀我去她家里，我这才知道她也是一个人住。从那以后，她总是跟我聊沙漠里的趣事，比如怎样将一只迷路的黄羊送到绿洲，比如某个晚上的流星雨如何让她难忘。其实，她说的这些，我并不怎么感兴趣。

"但奇怪的是,几次接触后,我居然被这个人吸引住了。和别人不太一样,她总是自由自在的,想走便走,想留就留。她从来不问我以前做什么,又为什么来这里。我也不问她的事。她每次去趟沙漠,总要三五天才能出来。那几天,我便坐立不安,老是打破碗碟,同事们说我像丢了魂。下班后,我带着她留给我的小狗,在小城里晃荡。后来,我请过几次假,跟着她一起进去,本来只是抱着玩玩的心态,没想到就此迷上了。

"芳姐告诉我,沙漠里的人大都不是渴死的,而是溺水或溺沙而死。溺沙而死我能理解,沙尘暴会把人埋在下面,连尸骨都找不到。可怎么会溺水而死?沙漠里又没有水,有水倒也好了,那就是绿洲啊。但我错了。在沙漠里,危险随时可能降临,大多是悄无声息的。那时候,我已经辞掉饭馆里的工作,跟着她一起做向导。那次,我们打算带一群摄影爱好者去看胡杨林。临出发时,我忽然发烧到四十一度,她只好一个人去了,连帮手也没有。谁也没想到会有大暴雨在里面等着他们。短短一天之内,落下两年的降水量,落成一个湖泊。据说是为了救一名游客,她让自己陷进流沙里,片刻之间,人就没了。也有人说,她是自己滑进去的。当时现场一片混乱,谁也没看清她是怎么没的。

"芳姐离开后,那只狗也紧跟着失踪了。有人看到它跑进沙漠里,再也没有出来。我知道一只狗绝不可能将沙漠视为自己的家。唯一的可能是,它有更重要的使命要去完成。现在,每次经过那湖边,我都觉得她还躺在某座沙丘之下,就像考古史上著名的小河公主或楼兰新娘,等着有一天被挖掘出来。有一次,就在那里,我见到了传说中的海市蜃楼。我在小学课本里读过关于

'海市蜃楼'的文章，真没想到还能亲眼看见。我站在那里看了足足半个多小时，脑子里空空的，什么也没想。"

说到这里，她忽然闭上眼睛，好似进入暗无天日的回忆深处。

四

遥远的早晨，她和男孩出现在外婆家的天台上。那是夏天，绯红的牵牛花攀在水泥外墙上，像一个个鲜艳的气泡。男孩躺在长凳上，双手交叠放于脑后，仰望着天空。而她倚靠在栏杆边，吃着金铃子果，橘黄色外皮剖开，露出鲜红的、汁液浓郁的果肉，那种红像是被什么东西持续照亮着，非常晃眼。两人有一搭没一搭地闲聊着。我从来没有在现实生活中见过如此和谐的画面，它充满美感、希望、勇气——诸如此类的东西。它很像电影场景，很美，很梦幻。后来，我在文艺片里看见类似镜头，总忍不住想起当年。

男孩不是这镇上的，或许是她师范里的朋友，难道是那个季老师？她跟我讲过学校里有个音乐老师，姓季，刚刚留校任教，教学方式很是特别，整堂课只让学生反复聆听不同曲目，让耳朵学习、鉴别，很少讲解。还说音乐靠的是听力和悟性，而不是嘴上功夫，多讲无益。

毕业时，季老师送了她一套《约翰·克利斯朵夫》，鼓励她报考音乐学院。她自小颇有音乐天赋，学习乐器的能力也强，但从来没有系统训练过。他们毕业不久，季老师也从学校里出来，据说是教学能力太差，很多学生反映听不懂。他被解聘后，只好返回老家的小学教书。那时候，我总以为她会嫁给季老师这样懂她的人，即使不是季老师，也应该是外面的人，镇上的男人怎么配得上她。

记忆中，那年夏天似乎格外悠长，她被分配到一所乡下小学教书，离家太远，课余生活非常乏味。那时候，还没有轰轰烈烈的补习运动，她的同事们唯一热衷的便是打牌，二缺一的时候，她常常被叫去凑局。姨妈来过我家好几次，每次来都要在母亲房里待上大半天，出来时泪眼汪汪，叫我长大了一定要听大人的话，不要学表姐——我知道她想说什么。自从姨父过世后，她就开始习惯性地皱眉，唉声叹气，一脸苦相，说的话也越来越没有人要听。没想到，金秋十月，婚讯传来。她要结婚了，婚礼定在腊月初八，新郎来自镇上最富有、最有权势的家族，有叔叔在县里做大官，家族产业包括一家茶场和若干店铺。婚后的她，着实过了几年好日子，姨妈也跟着一块儿享福，他们去过北京、三亚和新马泰，买过金子、玉石和玛瑙，大概也吃过山珍海味、满汉全席。

祭祀之夜过后，我们还见过一面。那时候，她已经不跑外卖，在一户人家屋里当保姆，负责一日三餐及小孩接送。平常住在主人家，假期则不管吃住。当无处可去，又不想花太多钱时，她只能找通宵营业的餐厅或洗浴中心凑合着对付一晚。那天晚上，她来我家已是后半夜。白天，她把城市逛了个遍，直到天降暴雨，所有亮灯的地方都关了灯、闭了户，才找到我这里。

她跟我说，等赚到钱，就去别处看看。我问她需要多少钱，打算去哪里，并告诉她姨母有一笔钱放在我这里，随时可以交给她。姨母当然没什么钱放在我这里，我只希望在她需要帮助时，还能照顾一下她的自尊心。但她完全置之不理，说不是钱的问题，她根本不需要那么多钱。她一直想过上不怎么花钱的日子——那也意味着，不需要赚很多钱，甚至可以不必攒钱。

可一个人活着怎么才能不花钱呢？

来这里后，她最满意的居然是每个月只要花几百块就可以了。小屋是一个老太太免费给她住的，只要每个星期去老人家里搞一次卫生作为补偿。我在那里时，还替她去过一次。老太太身体硬朗，并不需要一个勤快的保洁员，反而一个陪聊之人更能获得她的欢心。老太太中年守寡，唯一的女儿大学毕业后留在沿海城市工作，并就地成家。偌大的屋子，只有她一人、一猫以及两三盆半死不活的绿植。"能不能给我讲一讲外面发生的事。"我一落座，她便俯身凑过来，好像那些故事都长在我身上——它们是树上成熟的果实，只要轻轻一摇，便会自行坠落。

我一时想不出有什么精彩的故事，便随口讲起翻译小说中的女人如何离开丈夫和家庭，在外面过起流浪者的生活。有一天，她找到一个干燥的窑洞，用绳子将花花绿绿的衣物挂起来，准备就此住下。除了衣物，她还有一些很别致的东西，比如一只完好无损的搪瓷杯，一把绒面的红色靠背椅，以及一个木头做的首饰盒，浑身漆了绿色。这些都是她在路上捡的。天气晴朗的日子，她把花花绿绿的衣服挂在树枝上晾晒。她还搬出那把红色丝绒靠背椅，一边看云、赏花，一边用搪瓷杯喝别人送给她的绿茶。

"慢着，她为什么离家出走？是她丈夫不要她了吗？"

"不是啊。"

"那是为了什么？是生不出小孩，被婆婆赶出来了？"

"也不是……是她不中意她丈夫了，不想和他一块生活了。"

"可她连饭都吃不上，怎么敢这样？"

"她就是这样做的啊……所以才过得那么难。"

"了不起啊，这个女人了不起。"老太太分明有些激动，让我把细节再讲　讲，越详细越好。

真不知道她每次来这里都给老人讲什么故事，这可比打扫卫生麻烦多了。当然，为了省钱，她总有办法应付。

她对这里似乎很熟悉。那些夜里，她带着我到处逛，烂尾楼、废弃的工厂、开业不久便关门的游乐场，总能找到进入的通道。时间一下子回到很多年前。那时候我们还是中学生，每到夏夜无法入睡时，谁都不会乖乖地躺在床上等天亮，去晒谷场漫步，去河里夜游或野地里捉萤火虫。

我们还去河边散步。这里的河流真是神奇，上午还是清澈、缓慢的模样，到了午后便成了干裂、白花花的一横，异常触目。我问她那些水都去了哪里，她摇摇头，说："不要担心，它们还会回来的。"可我知道事情并非如此，消失的一切并不会那么容易回来。

杂货店里的男人和小孩离开了，一个染黄头发的年轻女孩站在店门口招揽生意。我在那张带扶手的椅子上坐下，等着她给我做指甲或修眉，她却主动跟我讲起那故事："……他带着孩子在这里足足守了五年。"

女孩的诉说让我很快弄明白那是一个怎样的故事。原来，男人是在此等待服刑的妻子出狱。监狱就建在沙漠边上，犯人们唯一的工作就是植树，那些树少部分活下来，大部分都死去了。尽管如此，沙漠上的树还是越来越多。现在，女人的苦役结束了，这一家人的苦役也宣告结束了。

"他们回老家去了，再也不会回来了。"女孩告诉我。

我离开那里的时候，女孩继续站在店门口迎接当天的第二位顾客。我满脑子都是那本倒扣在玻璃柜台上的书，黄褐色封面，画着沙丘、城墙和烽火台，却忘了祝她生意兴隆。

五

她又去沙漠了。这一次，她一个人去，说要开辟一条新线路。她离开后，我才发现医药包、帐篷、睡袋什么的都还留在家里。她几乎什么也没带。可能，她有别的打算——我不让自己多想。她走后不久，我便打算离开，坐汽车、绿皮火车，或者徒步一段，再搭乘别的交通工具，都可以。

我想着各种离开的方式，但迟迟没有行动，好像有什么东西在阻止我这么做。对沙漠的兴趣已然消退，我知道不是因为沙漠，而是她。她还在里面，一直没有出来，也没有任何消息传出。

几天前，电话又打到我这里，这一次是姨母。还是那些话，叫她回家。她没有接电话，完全无动于衷，好像电话里的人与她毫无关系。

那个梦在她去沙漠的当晚自动跑出来。所有梦里都是相似场景，我试图遗忘，但很难做到。以铁皮屋子为圆心，方圆三公里内成了我的活动范围。有一次，我甚至走到沙漠深处。在那里，我遇见一名拾荒老妪，她用令人费解的普通话告诉我，她每天都来这里捡东西，总能捡到几样好的。老妪扬了扬手中的蛇皮袋，一脸骄傲地向我展示她从沙子底下淘来的宝贝——丝绸衣物、饮料瓶、一截打磨精致的木头、好看的陶瓷器皿，什么都有。

老妪走后，我听到了风声，它们从沙漠的腹地刮来，也是那些夜里在铁皮屋子外面刮过的风。当天晚上，那个惊恐的梦消失了，取而代之的是一片蓝绿色湖水，静寂不动地躺卧在沙滩上。醒来后，我松了口气，以为没事了。她成了沙漠向导、水源寻觅者、捡骆驼粪的，找到了自己想做的事，而我也该回去了。

第二天一早，那条消息就像火舌，瞬间燃遍本地新闻圈。她救了一个想要轻生的男孩，只有十六岁，从外省一路坐火车过来，什么装备都没带。男孩冻僵在一个破房子里，被发现时已奄奄一息。她背着那人在沙地里奔走，最后被发现晕倒在医院外面的马路上。

短短半天时间，这条新闻的阅读量达到十万多。

我在医院里找到她，给她看手机里的新闻。

她很不满，事情根本不是这样的。

如果不是这样，那又是怎样？她不过不想承认罢了，伤心往事如在眼前。她人生中最黑暗的一幕与此相叠在一起——我未曾亲见，只听别人说起，极为惨烈，任何经历过的人绝不会忘记。

自儿子得了那种病后，她便日夜陪在身边，吃饭、睡觉寸步不离。医生也不允许她离开。那天，男孩让她去外面买一杯奶茶，他看见同病房的人在喝，也想喝。她犹豫了一会儿，说可以叫外卖的。男孩撒娇说他还想吃甘蔗呢，买了奶茶，再带一根甘蔗上来，俩人可以分着吃。她隐约听医生说过，多吃甜食对脑部安定有好处……便没有细想，抬脚出了病房。他们住二十一楼，不是高峰期，电梯不堵，出住院大楼，左拐，再出医院正门，再右拐，买了奶茶，水果店就在奶茶铺隔壁，前后相加不过二十分钟。等她抱着奶茶和甘蔗原路返回，一路小跑着接近那幢白色大楼，已经晚了。人群正聚作一团，将现场包围。她扔了手里的东西，像疯子一样冲过去，重重地摔倒在地。

那些年，我的脑子里不断回放那并非亲见的二十分钟，每一步骤，每一动作，包括下电梯的时间，制作一杯奶茶的时间，甚至小贩削甘蔗皮的时间，卯榫般严丝合缝，好似黑暗中有人导演了这一切。

她在我面前喃喃自语："事情根本不是这样的。"

"那又是怎样的呢？"

我去看她时，她正躺在床上挂盐水，脸色苍白，嘴唇仍有些发紫。男孩在隔壁病房里，吃着热腾腾的稀饭和包子。他的家人正在赶往这里的路上。男孩神色平静，胃口极好，好像什么事情也没发生。

"是他拯救了我。"第二天晚上，她仍这么说。我不知道她到底想说什么，看她的神情，并不像玩笑话。

"我说那个男孩，"她继续说，"是他拯救了我。"

新闻里明明讲得清清楚楚，是她把男孩从沙漠里背出来。事实也是如此。她为何要这么说？

"不是这样的。"她神情迟疑，好像这是一件很难说清楚的事，越是如此，她越挣扎着想要将此解释清楚。一开始，她的诉说有些结巴，试图隐瞒什么，但很快就将这一切抛开了。

"其实，这一趟去，我已经做好可能回不来的准备。我对沙漠谈不上有多了解，有些经验还是从芳姐那里得来的。带队的事情，我早就不想干了，总觉得自己会出事。在那种地方，一旦出了事，便是灭顶之灾。我可不想害人。可芳姐走后，老是有人来找我，推也推不掉，真是心烦。他们认定只有我可以帮他们找到正确的路，这很可笑，一个人怎么能把自己的心愿胡乱寄托在别人身上呢。其实，我早就厌倦了，也不为什么，就是觉得没劲，做什么都没太大意思。很难说清楚那种感觉。但我想，要走便干干净净地走，谁也别告诉。我跟你说去开辟新线路，其实连指南针都没带，本来想着走到哪儿算哪儿吧，要是走不动了，就地躺下吧，也算是死得其所。

"我第一次发现男孩的时候，他坐在一片栽着红柳的沙地上，低垂着头，看上去很累，除了身上的背包，什么都没带，连防晒衣和太阳镜都没有，就像从城市的街头空降到这里。我问他为什么一个人在这里，同伴呢？他抬头望了我一眼，没说话。我在他身边站了一会儿，扔给他两瓶矿泉水和一些吃的东西。沙漠里尽管什么样的人都有，但男孩给我的感觉不太一样。显然，他并不属于这里，完全是误闯误撞进来的。一路上，我忍不住猜想他为何一个人来到此地，在他身上到底发生了什么。他对沙漠应该略知一二，至少知道如何在植物身上收集水分。我看见他时，他正把一只塑料袋套在一簇灌木丛上。可这样做，又能收集到多少水，无非是自我安慰罢了。我觉得好笑，真是书本知识害死人。几天之后，我的存水越来越少，一想到会在大漠里全身脱水而死,还是有些害怕。可事已至此,还能有什么办法呢。只希望到时候找个僻静角落藏起来,不要被什么蜥蜴、蝎子、响尾蛇和狼找到就好。其实,沙漠是世上最干净的地方,不允许藏污纳垢,不能容忍任何腐烂物质的存在。它很纯粹,比世上任何地方都纯粹。在那里,无论动物还是人,到头来都会变成一具白骨。这么想着,我似乎得了一点儿安慰。

"那几天,我乱闯乱走,居然找到一座废弃村落,村子附近还有一个几近干涸的水池。没想到,我会在那里再次遇到男孩。他看着比前几天瘦多了,眼睛通红而凹陷,枕着背包,躺在一堵断墙的阴影里。一开始,我并没认出他来。他声音很轻,叫我阿姨,让我给他一点吃的。他喝了一点水、吃过一点东西后,马上就睡着了。我看着红蜘蛛在他身边爬来爬去,居然有一种亲切感。这些沙漠里的生灵,永远活蹦乱跳的,多好啊。而在漫漫黄沙和骆驼草之下,又埋葬着多少死去的生命?与他们相比,我们不过是暂时会呼吸的生物,迟早有一天会走上同一条路,既然如此,又何必急在一时。

"从那一刻起,我决定把他护送出去,他还年轻,不应该埋在里面。一个人只有身处那种荒凉之地,才会真正明白任何生命——无论美丽或丑陋、尊贵或轻贱都有追求生的权利,都不应该被轻易地伤害或消灭。自下定决心后,我的身体好像被注入一针强心剂,无端地充满力量,但我知道这个力量维持不了太久,我要趁它消逝之前赶紧行动。第二天,天还没亮,我就拖着那男孩上路了。虽然没有指南针,但我知道大致方向。白天,我可以根据太阳和影子的移动来辨别方向。早晨时,太阳在东方,中午转到正南，而到了下午则位于正西。到了夜里，只能看北极星认路；先找到勺状的北斗七星，北极星就在那附近。这些都是芳姐教我的。

"那时候，我以为自己只要想活，就能活下去。这终归没什么问题。但我错了，当一个人想要活下去，那才是考验的开始。夜晚，脚底的沙子似乎在发光，颤颤的，谁也不知道会踩到什么，耳边只有单调的脚步声，甚至连风声也消失了。有好几次，我感到鞋底下好似触到白骨，不免有些害怕。我开始后悔之前白白消耗了太多的食物与水。在那种环境下，连后悔也是奢侈的，很快，我就什么也不想，脑子里只剩一件事：活着带他出去。他果然是沙漠发烧友，懂很多理论知识，但根本用不上。有一次，他忽然在我面前痛哭流涕。原来，他是背着父母偷偷跑出来的，准备给他们一个教训。听到'教训'两个字，我忽然想到小伟，脑子里一阵模糊的钝痛，很快就什么也想不起来了。我们继续赶路。我真怕那两条机械行走的腿忽然折断。之前，我听芳姐说过，有人在沙漠里赤脚感染了细菌，回去不得不截肢。"

说到这里，她有些后怕地望了一眼白色被单下伸长的双腿，第一次心无旁骛地笑了，好像在说：你看，它们都完好无损。

她叹了口气，转而以一种轻松、略带调侃的口吻继续讲述。

"这以后的事情，你都知道了。反正，我们总算活着走出来了。出来之前，我们看到了湖泊。月光下，湖水很美，但谁也不敢久留。新闻上说我躺倒在医院外面的马路上，那是真的。但不是晕倒，而是我自己躺上去的。躺在一条结实可靠的路面上，不

39

会下陷,没有意外,那种感觉可真不错呢。

"有风,有音乐、美酒和喷泉,就像睡在春天的舞池里。"

她旁若无人地诉说几天前的经历,神情恍惚,如在梦中。

橡皮擦

时隔多年,我回到 H 城。熟悉的街道,糖炒栗子的气味,风在树枝上短暂逗留的声响,法国梧桐愈发枝繁叶茂,显出森严的气象。从前的店铺还藏在浓荫深处,多年来,似乎一直等着过往之人的光顾。

一阵没来由的惶恐浮上心头。

作为自由撰稿人,除了身份证上"姜晓苹"这名字,我还以晓安、蔺小安、卫安然、安安等笔名写书,或在报刊上发表文章,并随时间、心情不时更换,就像不断脱下又穿上的外衣。

一开始,我只知他姓沈,微信名为"北山草堂";后来,我才晓得那是他祖上一座宅院名。几个月前,他忽然加我微信,一上来,便要我为他写一本书,具体事宜见面聊。我回复说好,等了几天却无下文。就在我快要将此人遗忘之际,他又发来信息,说房间已经预订好,随时可以过去采访。

没想到他就住在 H 城。他微信里设置的地区可是"冰岛",还设置了"仅展示最近三天的朋友圈",那上面自然一片空白什么也看不到。这些年,我替不少知名企业家写过人物传记之类的书籍，像这样神秘的还比较少见。我了解他们的心思，一旦积攒下足够钱财，便想着如何收获道德上的美名，好像如此便能在历史或历史的夹缝里留下痕迹……这沈先生大概也是此类人物吧。

写这种文字，我是有分寸的，该写的写，不该写的一字不留。我知道这些人想看什么。得知沈先生从事收藏行业，涉猎颇广，但以中国古代书画为主，我便去图书馆找来相关书籍研读。一个与"捡漏""暴富"相关的行业，肯定藏着许多不为人知的故事，单从替代性体验角度而言也值得一写。

从我所在的 S 城到 H 城只一个半小时车程。十年前，有四年时间，我在这条公路上每月往返数次。颠簸的大巴，车窗外尽是舒展的平原与田地，随四季变换风景，夏天稻浪翻滚，一片明亮、涌动的金黄色；到了万物停息的冬却毫无萧瑟之意，几何形麦田一路延伸过去，仿佛就此可以抵达明媚、和煦的春。记得有一年冬天下雪了，我一路擦拭着水汽淋漓的窗玻璃，双眼目不转睛，凝视着外面雪白莹亮的世界，好似那里面藏着一个天大的秘密。

沈先生预订的皇冠大酒店离我当年就读的学校只隔几条街，下了车，拖着行李箱杵在酒店门口，似乎还能闻到那股久违的气味。到了房间，迫不及待发消息给他，他一再道歉，说临时有事要出门一趟："你先四处逛逛，回来后马上联系你。"他们那种古董商经常到处跑，哪家出了好货，都要赶去看货，这比吃饭睡觉都重要。我决定安顿下来再说。

酒店对面有家"天籁茶馆"——此名还是借用当年名扬天下的鉴赏家项元汴之藏书阁名，青灰色外墙上爬满凌霄，红艳、热烈却不失沉寂本色。项元汴正是H城人士，有人考证出天籁阁旧址便在天籁茶馆后的瓶山上。写《味水轩日记》的李日华，也是此地著名的画家和收藏家，与项氏有交集。想来这城市民间收藏之风颇盛，也是其来有自。

第二天下午，我沿着石阶爬到瓶山顶上。八咏亭里，有老者正在对弈，观棋者也是年纪相仿的老人，悄没声息的。秋日的瓶山，大石磊落、空气澄澈，触目皆是香樟、枫杨、松等百年古木，簌簌的枝叶拂动声于耳畔涌现，好似故人私语。当年，学校里有男女老师在此幽会，东窗事发后，男方的家属告到校长室，引来一片哗然。男老师教过我们政治，冷漠的脸上总挂着很淡的笑，没想到却藏着这般隐秘而激烈的情感。

走在通往山脚的石阶上，沈先生的微信到了。

到茶馆时，一位戴深色棒球帽的男人——帽檐压得极低，已坐在约定的包厢里。我心头一阵莫名揪痛，好似在哪里见过。学校阅览室里的场景在脑海浮现。当年，那个一声不吭的人也是这样方正、刻板的脸庞，神情严肃到好似只要不吸一口气便会窒息而亡。当然不会是他。我环顾四周，放下惴惴不安之心。包厢有个奇怪的名字——"退思堂"，狭窄的长方形，一张长条桌，桌子两侧是四把硬木椅子。窗户位于视野的高处，是水平长窗，其长和宽却明显缩小好几号，与房间并不匹配。

这里很像祷告室啊，如果再放一块地毯那就更像了，我心里暗暗地想。面前的男人五十上下，脸色略有些苍白，神态还算温和——这一回看去，又谁也不像了。我稍稍安心些，多听少说总没错。一般情况下，这种人都有旺盛的表达欲，讲到眉飞色舞处，指不定会将脑袋上的帽子一摘，管里面藏着的是黑发白发，那才是精彩时刻的启幕。

但他并不像那些受访者，一上来便谈得飞起，只简单询问了几句我对这城市的感受，知道我曾经在这里上学受教，似乎有些意外，但也仅仅是"哦"了一声，没再说什么。他甚至没有介绍自己。有一刻，我们望着对面墙壁上由水平长窗透进来的光束，陷入陌生人初次见面惯有的尴尬境地。

幸亏，他给我叫的安溪铁观音来了，茶汤金黄，色如琥珀。"你闻闻看，有兰花香。"说到茶叶，他的话才多了起来。他告诉我，秋天最适合喝乌龙茶，而安溪铁观音又是此中极品，这种茶叶所泡制的茶汤，醇厚甜鲜，回甘悠久，就是俗称的有"音韵"。我想着由茶叶入手，他大概可以展开话语的滔滔江河了。我正身，拿出本子和录音笔，做好记录的准备。果然，他掏出一册随身携带的卷轴，缓缓展开。我礼貌地接过来，只见上面画着岩石、树、山泉，以及白茫茫的雾气，一位戴斗笠的老者站在树下。我的目光在山泉和树丛之间穿梭往返，一会儿被白雾挡住视线，一会儿被老翁头上的斗笠吸引。

他似乎在等待我的反应，难道要我夸赞这画画得好？自然，它很不错，即使我这样不懂画的人，也能感觉到画面中那股美妙的氤氲之气，就像一个人走在雨后的山林里，浑身被什么东西充溢着。

他一直斜觑着，含着那种似有若无的笑，似乎在掂量我到底有几斤几两，能否完成对他的全面解读。我尴尬得只想转身逃走，怎么会有那样的人。

终于，他收回那种眼神，呵呵一笑："我看过你写的所有文章，给我朋友写的那本也看过。"并没有说哪位朋友，我也懒得问，但那一刻，我忽然有了底气——自然是认可我的水平才来找我的啊，何必自乱阵脚呢。只是，看他的样子似乎还有别的想法，不是羞于表达，而是时候未到。这样的受访者还真是少见。

他下意识地将帽檐往上抬了抬，话锋一转："我还是喜欢你的那些署真名的文章，看起来比较——真实。"这种语气让我很不舒服，好像他也懂文章，知道什么才是真正的文学，尽管他这么说并没有大错。

"哦，那你要我怎么写你呢？你可以提要求的嘛。"我似笑非笑地望着他，不像一开始那么拘谨了。

"那不是你的专业嘛，我哪里能指点你呢。不过，我一向认为'修辞立其诚'，真诚才是文章之本。"说到这里，他机警地打住，没再往下讲。

难道来此地就是为了和此人讨论何谓真正的文学，眼前这个人真的懂这些吗？还不是和这年纪的男人一样好为人师，冒充内行，还说什么真实不真实的话，我看他就是个彻头彻尾的虚伪的人，不仅在自己的行业领域逞能，还要来品评我的工作。我承认自己的反应有些莫名其妙，但他的神情实在让人很不舒服。

他似乎察觉到我的不快，想要转移话题，晃了晃手中的卷轴："这是我前几天画的。当年，我在美院学的就是中国画专业。"

见我流露出诧异的表情，他淡淡一笑："哦，这是文徵明的《空山夜雨图》。准确地说，是我仿的，我几乎可以仿任何人，一般藏家都看不出。"

"可它那么旧，皱巴巴的，明明就是古的啊。"我叫道。

"那也是我做旧做出来的。"他分明有些得意。

"很厉害啊。"我嘴上这么说，心里想的却是他仿这些画是为了拿去卖钱吧。

"在我们这行当，吃的是眼光和见识的饭，如果自己看走眼，买了不该买的，只能当吃错药，自认倒霉，怪不得别人的。"他开始侃侃而谈。

我没有吭声，努力抑制住内心的异议，就像一个人好不容易聆听到不该聆听的话，一点也不敢造次。过了一会儿，他居然说："我们这个行当和你们写作也差不多吧，都是靠本事吃饭的。"我诧异到几乎忘了呼吸。看来，他把作假也当本事了——这的确也算本事一桩。

"搞收藏搞了那么多年，到今天也算衣食无忧了，忽然想画点自己的东西，但发现画画这件事情变得很难。"又是一个转折，且如此之快。他看着我，第一次流露出那种微妙的表情，难道这才是他来找我的目的，想与过去彻底告别，重新开始一种理想生活？

"看过那么多古画，难道觉得自己还能超越它们？"我忍不住揶揄道。

"也不是为了超越……我只想让自己的心安静下来，不要天天想着卖掉这个，去买那个，实在太累了。"这算一个理由，可"心安"两字实在比任何东西都难获得。

"那你想让我写什么？或者说，你觉得自己有什么东西值得与读者分享?"我的兴趣渐渐上来了。

"有的,有很多。我以极低的价格从别人手里买来很多价值很高的东西,也就是捡漏。我捡了很多漏。"他掏出手机,给我看这些年捡漏捡来的东西,当初如何价廉,如今已是稀世之宝、连城之价。说起这些,他瞬间眉飞色舞起来,是发自肺腑的兴奋。他想分享的是人生中的高光时刻,如何以勤奋、学识、机缘和眼光,在短时间内敛到那么多宝物,几百块、几千块买来的东西居然能卖到几十万、上百万,做梦都不敢想啊。

"我想让古玩界的'小白'们提高警惕,可不要上当受骗啊。"他语气郑重,好像身上忽然担负起某种不可推卸的责任。

我不禁有些肃然,想着这事要是成了,也算功德一件。

翌日下午,还是在天籁茶馆,他带来一个净瓶、一方砚台、两块田黄、几张宋元书画……都是他捡漏捡来的。他讲他如何在地摊上发现"一眼货",与店主试探、讨价还价,并捡漏成功。当然,他也会讲如何从惜售的卖家那里千方百计骗取信任,最终获得宝物,转而以高价卖出。一旦进入状态,他的讲述便很难顾及自身形象。这倒出乎我的意料:毕竟承认自己经常性地算计他人并不是什么光彩事。

"我仿过大明宣德炉,它用失蜡法铸造。有段时间,我整天蹲在家里饭也不吃、觉也不睡,入了魔怔似的,研制这种古老的制铜工艺。最后,我成功了。它们几乎可以以假乱真,一般的藏家根本发现不了。我卖掉这些假炉子,用得来的钱去换真炉子。那种感觉真的很爽,比中了彩票还爽。彩票是命运的安排,求之不得。而我擅长的这件事,全是凭头脑和双手努力得来的。

"早年，我遇到过一个哥们，他用自己的真炉子与我的假炉子交换，这样一来一去，我可赚大发了。当然，他的本事也够大的，硬是把假炉子卖出了真炉子的价格。在我们这圈里，没有朋友，只有利益。你想要获得更好的生存，就要去揣摩人性，永远先讲别人喜欢听的，再讲你想讲的。最终，看谁能骗得过谁——这不是骗，而是本事。

"你说，古物为什么值钱——因为它含有时间的包浆啊，货真价实的时间才是最值钱的。可是，连这个包浆也是可以做出来的。如果是铜钱或青铜器，惯常的做法是做好后，将它们埋进泥土里，过几年再刨出来。但这样做还是挺费时间的，还有更便捷一点的方法，蘸一点点硝酸，让它表面烂一烂，但不要烂得太厉害，尽量整得自然些，再用盐水使其变黑或变绿，放在土里再埋几天，也就有了所谓的包浆。用这种方法做出来的假铜钱，连老行家都认不出。我就是这么做铜钱的，也可以说人生第一桶金就是这样淘来的。后来，他们见我一直卖，一直卖，就慌了，怎么会有那么多铜钱，肯定是假的。

"但我自己买铜钱，从来不看包浆，也不听声音，我只看书法，只一眼便知道是真是假。这还得感谢美院读书时的书法老师，是他教给我这本领。这么多年，我一直没有放弃读帖，也是因为这个。"

说到这里，他声音低哑，神色略有些异样，很快又恢复如常，大概觉得堂而皇之地谈论这些鬻古造假之事，有些惭愧和上不得台面。但不等我询问什么，他又滔滔不绝地说开了。

"我还记得当年第一次接触这一行时才二十出头，陪画室里一个朋友去古董街买纸和墨,看到一块红中透黄的小石头,挺别致,就花了二十几块钱买下。我拿在手里把玩,被一个买家看见了,一路缠着,要我把东西转让给他,我随口说出一个价格,'两百块,要不要',本意是要吓退他,没想到对方二话不说,就把钱掏给我。我很得意,才一会儿工夫就赚了一百多。后来,我才知道那是寿山石,那个人拿去卖了好几万。我后悔不已。从那以后,我丢了画笔,天天往市场里跑。过去三十年里,我每天都在研究何谓真品,何谓假货,真假之间的区别何在,界限又何在。我被人骗过,当然,也骗过很多人。有人把假货当真,拿真货当假,假假真真,实在因人而异。

"古时候,很多作伪高手同时也是画家,这些人都很有才华,并没有那么让人讨厌。比如本城的朱肖海,这位手段高明的鬻古者伪造了白居易手书的《楞严经》,竟骗过鉴赏大家李日华;而他在和李成为朋友后,后者还为他的书画作品题过诗,大大夸赞过此人。要是没有真本事,李日华怎么可能为一个造假者题诗?

"还有一事,据传冯梦祯的儿子竟将其父所藏的王维《江山雪霁图》请作伪高手临摹为水墨风格的长卷,命名为《江山霁雪图》。你知道这作伪高手是谁吗?他就是朱肖海。他拆下原图上董其昌、冯梦祯等人的题跋,装裱在伪本上,神鬼不觉,以高价售出。也就是说,在这个行当,鬻古牟利者古已有之,哪怕是冯家这样的大户也不例外。

"对了,还有张大千,你应该知道的吧?就是破坏敦煌壁画的那个人,他也是此中高手,几乎无人不仿,而且仿的都是一等一的名家,董源、石涛、徐渭、八大山人,都是他的临摹对象。

他仿得有多好呢，据说用一幅假石涛从黄宾虹那里换来一幅真石涛，可见他的技艺有多高超。真是不得了啊。"

说到这里，他有些得意，为自己行为找到某种佐证而洋洋自得。连古人都如此，他一个无田无地的现代人又有什么可忌讳的？况且，不是谁都有本事作假，尤其是书画领域，必须得有一定功底。他继而说起整个造假过程的艰难之处，比如要觅得旧绢、旧纸、旧磨、旧印泥，缺一不可。书画完成后，还要经一系列做旧手段，使之变硬、变脆、泛白，进而产生自然裂隙与纹理。一旦过程中某处做假不到位，就会露出破绽，也就毁了全画。

"某种程度上，作假是对时间的模仿，就像一条著名广告语所说的'给我一天，还你千年'，一个人要在一天时间内制造出上千年的时间，还要让人信服，这就是本事和修为了。再说了，世上之物，真真假假，哪有什么最终定论。比如在古时候就做旧的画，到了今天是不是算假的？比如你买到一张晚年吴昌硕的花卉，虽然有画家本人的落款，但它可能是弟子赵子云代笔，这算不算造假？我认为只要自己喜欢，看准了，就不要后悔。

"连国家法律都认为出售假古玩不算诈骗，除非被出卖的古玩有一份假的证明文件，且卖家将此作为兜售手段。可时至今日，这世上并没有一款机器能够检验出不同条件、不同时代下文物的真伪，更没有所谓的鉴定专家可以信任。"

说来说去，他好像都在说古玩是特殊商品，不像金子或银子可以进行成色鉴定、真假鉴别，既然你在买的那一瞬间认定它是真的，那就一直将它当作真的好了。真与假从来都不重要，重要的是自己的心态。

某一刻，我似乎被这样的逻辑说服了，可一想到电视新闻里那些被骗后倾家荡产的人，心里还是有些发怵——那些人实在太惨了。

"现在想想，一个人最珍贵的还是时间。为什么古物值钱，而赝品或仿作却一文不值，说到底还是时间的魔力。前者的时间是日积月累，一天天促成的，是水滴石穿，是真真切切地存在着的，容不得篡改和作假。后者是什么呢？连一个屁都不是。"说到这里，他分明有些激动，似乎那个抛掷帽子的行动马上就要启幕了。我等待着，但没有。他还在犹豫纠结什么？

"可你为了利益，还是在时间上动了手脚。"我停下手中的笔，看着他。

他尴尬地一笑："你说得对，我应该感到羞愧才是。无论如何，造假并不是什么光彩的事，即使再成功、赚再多的钱也不能改变这个事实。"这次，他倒没有反驳我，但我也没察觉出他有丝毫羞愧之意。

"可你知道吗？真正让我感到羞愧难当的是另一件事。我们麟溪沈氏在明朝也算是当地屈指可数的望族，这么说，并不是我有门第等级观念，要去攀龙附凤。我也是无意中得知此事。自入这一行后，我经常翻读当地乡贤留下的文字。有一天，我翻读李日华的《味水轩日记》看到"北山草堂"这几个字，忽然想起小时候家中阁楼上的大红灯笼上就写着这几个字。问了家人，由于年代久远，谁也说不清。那大红灯笼也老早不知去向。后来，我才知道我们沈氏先人曾造过一座赫赫有名的草堂——北山草堂。

我的微信名就来源于此。那本日记，记载了李日华一行去北山草堂访问我们先祖的故事。那是万历三十八年十一月初三日上午，李日华偕同儿子及两位友人前往麟溪。他们在北山草堂喝茶、观画、摩挲历代法帖，先不说他们喝了什么茶，用的是什么酒器名瓷，光是那场面，那种格调和气氛就让人羞愧不已。那才是真正的生活。如今，我们过的算是什么日子哟，无聊、粗糙、尔虞我诈、猪狗不如。"他脸上陆续浮现出悲哀、恍惚、愤慨、绝望等神色，让人猜不透他的真实想法。

"关于那次访友和谈艺活动，《味水轩日记》足足记了三张纸，我也反反复复看了无数遍。与那几张纸比，我那一屋子真真假假的古物，又算得了什么呢。"他一声长叹。那一刻，我几乎以为他悟道了。

过了一会儿，他忽然问我："你可想去那地方看看？"

"去哪里，北山草堂吗？难道那里还存在？"

他点点头："我们去找找看。"

我巴不得离开这局促如告解室的房间，去外面呼吸一口新鲜空气，便欣然应允。

那天下午，他开车到酒店门口接我，导航指向一个叫"沈家浜"的地方。去之前，我查了资料，说是垒石为山，依山结屋，面麟湖，并草木环绕、蔚然深秀，还有九松干霄。可一路上，平原广袤，连矮小的山头也看不到一个。更没想到会有两个沈家浜，分属不同县域，却相隔不远。我们决定先去导航所指最近的那个，乡村公路两侧水杉林立，满目橙红；村庄就在沿途拐弯进去的地方，有路标。远远地，我们看见桥边一株枯死的老银杏，躯干、枝丫均呈铁色，仍僵直地站立着。他说用不着去看另一个沈家浜了，有银杏树的肯定就是。他告诉我，在古代，银杏是名门望族的标配，传世名画之一《洛神赋图》里就有银杏树。我们下车，过桥，走到那株死去的银杏树下，拍拍干枯的树干，就像拍打着某件遗世独立的古物。他熟门熟路般与迎面而来的村民打招呼，走近一处废弃的小院外察看动静，最后将我领到那座约两三米高的土墩前。上面荒草离离，好像自古以来便如此。

他指着那片野地："这里应该就是北山草堂旧址了。"

秋日阳光下，风很柔和，万物荒凉而岑寂，眼前所见与古书里记载的"叠石作岩""连峰积翠"毫无关系，至于那著名的九棵松树——"山有四洞，外植九松，荫广数亩"，眼前更是一棵也无。

趁他站着抽烟的工夫，我爬到那座土墩上。当年，他们在此堆土为山、凿池造山，并建造华屋美舍。如今，一切只化作一座隆起的小土墩，连瓦砾、碎石都荡然无存。有时候，时间的真相并不是浑然的包浆，而是废墟，是道畔死去的古树，是一大堆废铜烂铁。

在现场，他找到一只近两米高的石狮以及一块平卧的巨石，说凭此足可推测北山草堂曾有过的宏阔与俨然。"可这些有什么用呢？从前的日子再也没有了，永远地消失了。你说我收藏的那些旧物有什么用？产生它的时代已经过去了，再也没有它们附着的土壤了。皮之不存，毛将焉附。"他滔滔不绝，充满悲愤，说着哲学家才说的话。好像他的前世就是那个叫沈棐的名士，轻财任侠，于北山下养鹤、招鹤，日夕伴鹤自娱，只与林下高士、名缁野叟相与往还，如今却沦落到鬻古造假的境地。

之前，他告诉过我，家里很多地方都上了锁，藏贵重物品的地方更是上了不止一道。除了锁，家里四周，包括院子外面的小路都装了监控探头，可在手机上随时查看。"市场上每推出一款新锁，我都要去买来试试，从钥匙锁、密码锁到指纹锁，什么都有。我现在只用指纹锁，只录入我一个人的指纹。"

我总是很难看清他，一会儿清高自傲，一会儿低声下气，一会儿守财如命。或许，这些难分难舍的形象都是他。

从沈家浜回来的当晚，我整理采访记录到深夜，忽然手机一亮，他的微信来了。他要去母校看望病重的书法老师，明天一大早就走。另外，他让我再想想，这本书以什么体例出版比较合适，既要做到真实和真诚，又不能暴露身份信息，以免遭同行指摘甚至咒骂。"我想了想，还是慎重一些为好。"我不知道发生了什么，使得他忽然顾虑重重。

"写书贵在真诚和勇敢，遮遮掩掩可不行。要不，这事情还是……以后再说吧。"我犹豫再三，短信发出后，顿感如释重负。

我准备在H城再逗留一两天。大学同学每三年举办一场同学会，最近那次还是一年前。大学时最要好的朋友玲打我电话，说想见一面。说着说着，她在电话那头哭起来。她想知道我为什么躲着所有人，到底发生了什么。从来没有人和我说那样的话——有一种从人群隐身处被揪出来的感觉。那件事发生在毕业前一个月，我想忘掉它，就像忘掉一件无关紧要的事。时间过去那么久，我差不多做到了。我认为自己已经做到了。现在，十年过去，我第一次回到这里。

那天晚上，熟悉的梦境又出现了。我跌跌撞撞地从爬满凌霄花的宿舍楼下来。黄昏的广播室里传来一个消息，我几个月前写的文章获奖了，播音员开始朗读正文，同时有背景音乐响起。是笛子，也有可能是箫，就像从那篇文章的内部流淌出来，那么优美，充满洁净的芳香，让人想起雨后森林。可我的五脏六腑都在烧，脑袋轰鸣，脚底发飘，从宿舍楼的楼梯上一路滚下来，路边草丛里四处坠落的凌霄一地猩红，就像从我的眼睛里流出。所有的耳朵都在聆听，试图发现破绽。只有我知道破绽在哪里。学校阅览室的书报架上，某张报纸的副刊上登着一篇文字，与写作老师布置的周末作业完全吻合。我看着眼热心跳，那些句子如此贴切，就像自己写的。我抄了几句，又抄了几句，哪里知道他们会将它拿去参加什么征文比赛。广播里的消息把我彻底震垮了。那个神情刻板的图书管理员一定发现了什么，他几乎每张报纸都看，连广告也不放过。他此刻一定走在赶去广播站投诉的路上。我不知道自己是怎么度过的那段播报时间，浑身发烫、四肢战栗，在操场上奔跑起来，疯了似的，恨不得全世界的耳朵就此聋了，没有人听到那可怕的声音，连播报它的人都听不见。

从那以后，记忆的橡皮擦不断重复着试图擦去那一页，但白天擦去的，会在夜晚的梦里回来。那些年里，一个叫"姜晓苹"的人躲在晓安、蔺小安、卫安然、安安等人身后，再三讲述那故事。版本就像翻滚的雪球越来越多，让人眼花缭乱。

第二天早晨，我从皇冠酒店所在的晨曦路走到听松街，这个城市别的道路都被不同程度地拓宽了，只有这里仍保持原样。当年就读的院系已经搬走，变身为成人教育学院。校园里进不去，只好隔着铁门张望几眼。街上明显冷清许多，以前常去的那家奶茶店，居然还开着。像从前那样，我找个临街的位置坐下，掏出随身携带的书籍摊放在面前的桌子上，望着窗外来往车辆以及马路两边的梧桐树发呆。脑海里无数次想过此场景，但当真的来到此地，一切都显得平淡无奇。马路对面，未扫尽的梧桐树叶被过往车辆碾得粉碎，有一些则被气流顶到半空，盘旋几圈，又轻轻落下。不会再发生什么了，连那样糟糕的事情也不会有了。

根本没有人在意那些，即使知道了也无所谓，兵荒马乱的，马上就要毕业、找工作……和自己有什么关系呢。古往今来，真正与自己有关、念念不忘、无法抹去的事又有几件，又有多少值得被记录下来。

那些痛苦和纠结，真真切切地存在过，并永远存在下去。悔恨、逃离都无济于事，连时间都无法完成的事，我居然以为自己可以做到。从奶茶店出来，穿过十字路口，走到那片密密匝匝的树荫下。光影在头顶上摇曳、晃动，发出窸窣、细碎的声响，人在其中，就像站在阴影与光亮并存的舞台上。若干年前的场景又回来了。这次，我不用任何笔名，老老实实、毫无遮掩地坦露一切，就像诉说生活中再平常不过的事。

一年后，那天清晨，我在家里写东西，接到一个属地为 H 城的电话。原来是沈先生。自 H 城回来不久，他付给我一笔差旅费作为那几天劳动的补偿。从那以后，我不再接那方面的活，有种解脱之感。

"我不是来找你写书的。"电话接通后,熟悉的声音响起。

他来S城办事,想找我聊聊。这一次,他没有戴棒球帽,顶着一头花白的头发,与记忆中判若两人。我有些吃惊,不过一年时间,怎么老成这样了。或许,这只是错觉,头发给人的错觉。不知道他有没有开始画画,我记得当初他还为此焦虑过。

"也画一点,但总是画不好,哪有那么容易啊。一画就画成山寨版的董源、石涛、徐渭、八大山人,统统不是自己的东西。

"看来,我还是适合临摹。朋友们都这么说。"他一阵苦笑。

"只有把临过的忘记……重新找感觉,重新开始。"我知道这么说说是容易的,做起来太难。

"是我以前仿太多了,自作孽不可活啊。"他一个劲地摇头,似乎对自己的行为感到不可思议。

我大吃一惊。以前,从未见他这样过。"西方很多画家不都是靠临摹卢浮宫的名作成为大师的吗?比如古斯塔夫·莫罗,还有他的学生亨利·马蒂斯,他们就经常这么做。"我这么说,倒不完全是为了安慰他。

"那个不一样的。他们是虔诚地学习,而我是为了赚钱。"他倒是坦率,"那段时间天天画,有时候一天画一张,根本停不下来。很多人等着要呢。我是画伤了,就像小孩贪吃一样东西,最终吃出毛病来了。现在,一拿起笔,脑子像是被什么控制住了似的,全是当年的画面,如果不按那个画,就什么也画不了。"

写作时,我也有类似的感觉,很多词句如果不经脑子自动滑出来,很可能就是"陈词滥调"。为了阻止"陈词滥调"的蔓延,我强迫自己忘记外面的世界,只专注于此时此刻……但一样很难办到。

"当然，我也不是非要画什么名画，只要能忘记曾经画过的东西，哪怕画点烂大街的也行。"他的神情茫然而痛苦，好像这是一个无论怎么努力都无法解决的问题。

那一刻，我们似乎有了某种罕见的共鸣，共同面对古往今来最难的事。对这种事情的谈论尽管毫无用处，却永远充满必要。或许，他也意识到这一点，脸上忽然流露出一种难以描述的表情，那件隐藏已久的事就此被抖搂出来，如果换作别的时间、场合，根本不可能发生。

他的叙述简短而潦草，删去细枝末节和零星对话，只对事实轮廓做必不可少的陈述。我很快弄明白了那是一件怎样的事。

有一天，他美院里的书法老师，就是上学时给过他深刻教益的人，买到一张署名为"雪衣寿平"、钤"白云外史"印的没骨花鸟画。对方告诉老师，这是明末清初著名书画家恽南田的真迹，家中老人与恽家后人交情匪浅，属私人馈赠物，绝对货真价实。那人还将老师请去家中品茗论书，给他看家人与恽南田后人的合影。这位老师尽管书法上造诣颇深，但作为圈外人，并没有鉴藏书画方面的实战经验。因实地探访过，又有伪造的合影为证，老师深信不疑，遂花去大半生积蓄买下，除供自己平日赏鉴外，还准备传给后世子孙。

那年，他应邀回母校参加百年庆典。拜访师长时，书法老师家自然是首要一站。老师取出那幅恽南田的没骨画让他鉴赏。他一看傻眼了，那就是自己画的啊，怎么会在老师这里。但他没敢说出来。回来后，他谁也没告诉。那几年，他格外留意书法老师那边的动静，托人打听，或亲自登门拜访。老师总是乐呵呵地与他海阔天空，谈书论道。他半颗心似乎放下了，但另半颗始终悬着。直到一年前的深夜，他接到同门师弟打来的电话，老师生病住院了。他匆匆赶去。老师病得不轻，他鞍前马后陪了一段时间，也没见好转。他始终不敢过问那幅画的下落。老师过世后，他去看望师母，假装无意中揭及，没想到师母淡淡地说："那幅画不见了。"她也不知老师将它如何处置，只说退休后那几年，老师几乎每个星期都去博物馆，在古代书画展厅一待就是大半天。后来，他又问了老师的几个得意门生，都说不知那画究竟去了何处。他本来还想找个借口将它买回来，如今连这样的机会也没有。

"我怀疑老师知道这件事……知道我……"他好似想起什么，欲言又止。

"为什么这么说？"我一阵发怵。

"我也说不上来……只是，猜测而已。"

说到这里，他声音颤抖，脸色惨白，好似刚从噩梦中惊醒，连坐在边上的我也忍不住一阵战栗。

孤岛来的人

那一年，我还在《解放军报》当记者。五月，我随海岛巡诊队的军医们去了马蹄岛。在那里，我认识了一名叫司月光的士官。很多年过去，那次见面的场景依然记得。

马蹄岛是一座孤岛。用官方的话讲，那是一座名副其实的"四无岛"，没有居民、没有淡水、没有耕地、没有航班。当我们抵达马蹄岛的时候，司月光已经在那里待了十三年，度过了从士兵到士官的最初几年。也就是说，他所有的军旅生涯都是在那岛上度过的。

在去马蹄岛之前，我们到过岩岛、竖琴岛、鸣沙岛和大鱼岛。

那些岛上都很热闹，有一种热烈生活的气息。低矮的石头房子，高低不平的街衢，男女老少肤色深黝，黄昏到了，他们穿着拖鞋，低着头在海岸边走来走去。当然，那里和陆上很不同。最大的不同是气味，随处弥漫的海腥味，好像那里的土地、房屋和植被都在散发这种气味。

我们在大鱼岛，那个盛产海带和海米的小岛上滞留了三天。大风过后，舰船带领我们驶离那里。如果没有螺旋桨搅起的水花，海面几乎是平静的,海天近乎一色,大海的色比天空的色略深,有时候又倒置过来。大船在海面上行驶,它庞大的身躯犁开海面,所过之处留下一道平缓的蓝灰色的波浪,浪背上喷溅着白色泡沫。

马蹄岛就在这汪洋大海之中,那个叫司月光的士官就在那孤岛之上。起先,船上的人只看见远处一抹朦胧的横形的灰蓝色,好像是由海上的水汽凝结而成。渐渐地,那抹灰蓝色变深了,显示出某种依稀的轮廓来。后来,那轮廓变得更为清晰,那是一座褐色与绿色间杂的岛屿。岛屿变大了,越来越大。

那就是马蹄岛,海岛巡诊的最后一站。

午后,阳光最炽热的时刻,碎银一般细密的光斑洒在海面上,远远看去又像是春天里的落花。天空成了中灰色,与海面的灰蓝色相映衬,和谐而紧密地依存着。我们的船慢慢驶近那里,从视野所及至真正抵达,还有近半小时的航程。它的形状一点儿也不像U形的马蹄铁,它到底像什么,我们并不知道,因为我们在船上所能看见的只是其中一个侧面。

我们的船一直朝着那侧面行进。

现在,我已经忘记岛上最先被我看见的是什么了,它们可能是整个地出现在我的视野里,崭新的白色营房,水泥道路,训练场,白色墙体上也被刷了标语和宣传口号,与别的岛上没什么不同。我们从那船上下来,营房就在白色水泥道路所通的前方,已经有穿迷彩服的战士在路边候着了,他们的人数并不算少,至少比我想象中多,大概有十几个人吧,或许有二十个左右。因为着相同的衣帽和鞋子,他们看上去都差不多,连表情都很像。

远远地望见一个亭子,亭子里有一口井,边上竖了一块牌子，说这是初登此岛的人开凿的，水质咸涩难以下咽，"但老海岛们视此水为甘露"。现在，营房里不仅有海水淡化装置，连菜园子也有了，至于那些泥土是怎么运来的，没有人过问和在意。别处都有的家属楼这里也有，但岛上并没有随军家属，只有到了寒暑假才有女人带着小孩渡海而来。战士们住集体宿舍，四人一间或六人一间，枕头、帽子、皮带都有固定的摆放位置。所有的床看着像是同一张，所有的房间看上去也差不多。

人群中，有人轻声嘀咕，说这里也挺好的呀，和别的岛上并没有什么区别呀。区别当然是有的，那就是这个岛上除了士兵，并没有一户人家、一间民房，除了军营和石头山，便是浩渺、深阔的海水。

巡诊队的医生开始看病了，年轻人能有什么大病呀，不过是训练伤、皮肤病之类。这样的巡诊也类似于心理诊疗，医生们过分耐心的解释好像只是为了延长就诊时间。他们不仅来看病，还为了给这岛上唯一的人群捎去力所能及的安慰。比如说：陪他们多说话。

大概，所有到这岛上来的人都会这么想：这是一个特殊的地方，年轻的战士们在此过着孤独且与世隔绝的生活。当登岛亲眼所见之后，尽管视野所及的一切并不显示出明显的匮乏，但还是很难完全消除那种先入为主的感觉。

这里的营队也养猪——巴克夏猪，那种黑耳白嘴的猪很可爱，肉质也鲜美。这里还有颇具规模的腌制区，为了备食物短缺时之需。

总之，别处该有的这里也有，一点儿也不少。

有人开始介绍以前的境况，那时候的营房低矮而潮湿，来自海上的大风随时可能掀掉屋顶上的瓦片，他们不得不用石块压住那些瓦片，或者干脆取后山上的石头做建筑材料。如今，崭新而整洁的钢筋水泥营房固若金汤。院子里的杏树、桃树也和陆上一样开花、结果，只不过花期略迟几天而已。还有月季、紫花地丁、冰菊，也是花型饱满，照开不误。

按照惯例，每到一处我都要做人物采访，而马蹄岛又是一个如此特殊的地方，我更没有理由放弃。于是，那个叫司月光的士官被叫到我面前。他是这里入伍时间最长的，从十九岁到三十二岁。

采访在他的宿舍里进行。这是他和连队另一名士官共用的房间。房间里有一排柜子，一个书报架，一个健身器材架，两张床，两把椅子，两张写字台。

写字台靠墙摆放，上面依次放置着茶杯、电话机和竖立的书籍：五本《毛选》，三本关于牲畜养殖方面的书，一本《平凡的世界》，一本《活着》。便是全部藏书了。

我们面对面坐着，身体占据着房间里仅有的两把椅子，似乎有"促膝长谈"的意味。现在，我还能想起他脸上的表情，那种自我嘲讽、自我满足似的笑，有一些羞涩，但又不给人自我封闭的感觉。不用说，那些人脸上的肤色几乎一模一样，户外训练和阳光暴晒所留下的痕迹，年深日久，越来越成为他们身体和身份的一部分。那是一种很容易让人产生敬意的肤色，也给人造成某种迷惑及进一步了解的障碍。

这名叫司月光的士官，被当作资历最深、最会说话的士兵推荐到我面前。但当他说"那样"的话时，还是把我吓了一跳。

当得知他的年龄后，我顺口问道："那你结婚了吧？"

63

他马上说:"我离婚了。"

——如此迅速而直接的反应,倒让我不知所措了。我快速地瞥了他一眼,他的表情里有一种微微的讶异感,似乎惊讶于自己的大胆,也为自己大胆所达到的效果而暗自得意。当然,话题很快被转移到明亮的别处,但彼此心里都明白,那番问答所引发的话语的漩涡,并未消散。

在我这边,的确很想知道事情到底是怎么回事;在他那里,倾诉的欲望始终存在,这一点从进门看见他的那一瞬就知道了。碍于陌生人初次见面所该有的规矩和礼数,也因为那些东西并不能被写入严肃的采访内容里,一开始,我们聊的是别的话题。

司月光告诉我,他初中没毕业就到社会上做事了,吃过很多苦,受过许多骗。比起这些,部队里的生活实在太好了。他说起刚入伍时的新兵训练,有五公里越野跑,要背着二十多公斤的装备跑,许多人都坚持不下来,只有他轻松过关了。他知道那不是比谁跑得快,跑得快没有用,关键是要能跑到最后。果然,他做到了。当初一起入伍的战友们都走了,只有他被留下,还当了士官。

"士官转业后,是不是可以被安置在一个比较好的单位?"我问他。

司月光点点头,微笑着默认了。

接下来,他的那番话,让我大为吃惊,甚至比刚才提到的"离婚"更让我诧异。

"即使转业,我也不想去麻烦地方政府,去给他们添负担。我想过了,如果转业,我就回到村子里去,去养猪,养羊,养兔子,和村民们一起劳动,带领他们致富。"

简直是标准的答记者问!

与报纸上、电视里那些人不同的是,他说那些话时的语气坦率而真挚,似乎是多年来深思熟虑的结果。如果不是亲耳听见,我是不会相信这样的话的,但那一刻,我不仅信了,喉咙里还有一种莫名的哽咽感。在我不算短暂的记者生涯里,这很罕见。

为了表明自己不是信口开河,他说了一些在部队里的具体工作,其中最重要的一项便是养殖家禽。他看理论书,也实践,都是为了积累经验。

"尽管如此,你还是不想转业对不对?"我不知道自己怎么会说出这样的话,我一般不这样说话的。

那一刻,他显然愣住了,等反应过来,他反而直言不讳了:"是的,我一点也不想转业。"

"为什么呢?岛上不是很孤独吗?出一次门都那么不容易!"我脑海里还在想着船,想着孤独不孤独这些问题。

"我也不知道为什么,就是不想(转业)。大概已经习惯了吧,也不觉得什么孤独不孤独的,每天都很忙,根本没有时间想那些事。当然,如果留不成,就回去吧。如果哪一天,我干不动了,也会自己走掉的。部队不能留没用的人,也留不住。"

我们交谈时,他脸上始终浮现出那种微笑的表情,自我嘲讽、自我满足似的笑。他完全明白自己在说什么。我想起那部叫《第一滴血》的电影。电影里被战争毁掉的男人,像一个被抛弃的孩子,根本无法回到日常生活中。面前这个男人退伍回家后,会不会也这样?

那一刻,我忽然想,我可以问那个问题了。对这样的人来说，没有什么问题是不能回答的。但我并没有马上这么做。

他再次说到养猪的事，这让我想起那些黑耳白嘴的巴克夏猪。

"你这是在逃避现实，怕自己不能很好地适应外面的生活……既然总有一天要转业，为什么不早一点儿出去？也好早点儿适应啊。"

听完我的话，他再次笑了。这一次，他的笑容显得颇为牵强。

"你说得对，或许我就是在逃避现实。外面的世界，我可能不会喜欢，所以干脆就不想去面对它。但我能接受回家养猪。我一直告诉自己最坏的打算就是回去养猪。"

"其实，你用不着养猪的，你完全可以得到一份很好的工作，让自己过得体面些。士官转业待遇不会差。再说，你要是以后结婚了，也需要养家啊。"

……

在此之前，我完全没有想到可以与这个叫司月光的士官聊到这种程度。宿舍里没有别人，只有我们俩，而他的表情完全是旁若无人的，好像是在与想象中的某人说话，这是他渴望已久的一场对话。

"还有……离婚也是你提出来的吧？"

他诧异地望了我一眼，果断地说："是的。"

"到底发生了什么？"我紧望着他，不再掩饰自己的好奇心。既然面前这人并不害怕我的好奇心，那也就没有掩饰的必要了。

"还能有什么事？结婚一年后，她在外面有人了。男人还打电话给我，叫我给她自由。她本来就是自由的啊。我在岛上，她在外面,她从来都是自由的。"

"你们那可是军婚啊,法律上不是有规定不能破坏军婚的?"

"嗯……可事情到了这地步,谁还会去提那个。"

"这么说,你们很快就离婚了?"

"那倒没有。我们有一个女儿,那时候孩子才三个月大……是两年后才离的。"说到女孩,他脸上那种冷淡而略带嘲讽的表情才得以收敛。

"那以后,你再也没有找过别的姑娘?"

"没有。我一直在这小岛上,去哪里找?"

"也没有结婚的打算?"

"应该说,我并不急着结婚了,既然这种状况并没有改变……那么,以前发生过的事,以后就有可能再次发生。"

"你看,你今年也已经三十二岁了,早点转业回去,还能早点结婚。你怎么就不想出去呢?"

听我这么说,他再次笑了,一种轻微的脸颊部位肌肉的抽动,似乎这是一个无须考虑的问题,因为他早已考虑成熟了。

对此,他并不想轻易说出口,但还是说了。

"——我不是不想结婚,而是遇到一个合适的人很难,太难了。我已经不那么着急了。真的。这世上该你拥有的,迟早都会有。没有的,想也没用。"

他说的这些,我当然能理解。小岛之外的很多人,也都是这么想的。可是,那些话从他嘴里说出来,还是不一样的。有一刻,我忽然感到自己比刚才更理解他了,那份感动也进了一层。他想要的伴侣不是年轻时找的女人,那女人在舞厅里上班,有很多男性朋友，到处玩。与他离婚后，女人并没有与给他打电话的男人结婚。在他回家探亲时，女人又来了，流露出复婚的意思。

那一刻，他发现自己竟一点儿也不想了。甚至，他对自己这辈子能不能结婚这件事，也无所谓了。相反，他更坚定了留在部队的决心。他说，这辈子他从没有在别的地方获得过这种安全感。而在岛上，他找到了那种感觉。

说那些话时，他脸上嘲讽的表情消失了，被一种微茫而不明所以的神情所取代，好像他自己也不明白事情为什么会这样，那个说出口的事实既让他无限确定又充满怀疑。

不过在一个地方待了十三年，他就已经不想离开了。

无疑，这房间里的一切离世俗生活很远，没有一件多余之物，也没有任何审美性的装饰，除了桌上的那几本书。

这里是单调的，可也是让人安心的吧。

我们之间忽然无话可说了。

从宿舍出来，我们来到楼下的休息室。

整个屋里都是穿迷彩服的人，战士和军医都是同样的装扮，不同的是后者手臂上戴着红袖章。他们似乎正在谈论什么，却不发出任何声响。忽然感到这屋子里的人，我一个也不认识了。

有人端来一杯水放在我面前的茶几上，微微一笑走开了。

我望见屋子角落里的饮水机，边上还有未拆封的桶装水，和陆地上的办公室一模一样。来来往往的人都是举止规范，步态轻盈。我在人群中寻找司月光的身影，寻找那张自我嘲讽者的脸，那或许是整个屋子里我唯一可以辨认的。毕竟，我和这张脸聊了那么久，我熟悉那上面的表情。即使在黑暗中，我也能认出那种表情。

但我没有找到他。

后来，我才意识到刚才给我端水的人就是司月光。

或许他还在这屋子里，或许已经不在了。我知道他很难与屋子里别的人说那样的话。他在说过那些话之后，就变得有些沉默了。未来某一天，他或许会离开孤岛，回到出生的地方。我不知道他来自哪里，是高山还是平原，刚才采访的时候，忘记问了。

临近落日时分，阳光依旧炽热而晃眼。军医们结束就诊任务，从营房里列队出来，战士们也鱼贯而出。他们站在一起，以相似的动作和步伐，走在那条通往码头的、灰白色的水泥路面上。我感到恍惚，也有些诧异，不知道他们为何也要随我们去那大船所停泊的码头之上。我的右手边是墨绿色的山体，橱窗里陈列着许多礁石，那上面镌刻着守岛士兵离岛时的赠言。一拨又一拨人来了，又走了，不远处就是大海。一出营房，我就看见了大海。

舰船已经等在那里了。

列队送行的人已经在码头上候着了。

他们望着我们走近，靠近那艘大船。此刻，在我眼里，那艘登陆舰好似变得无比庞大，可以装下这岛上所有人，带领他们和我们一起离开。

可他们只是站在那里，列队站着，向我们敬礼。右手长时间地举在那里。那过分凝重的脸庞上，神情庄重、肃穆，不可解答，不能猜测。那一刻，我依然没有发现司月光的身影，但我知道他就站在那里，站在他们中间。

我们上了船，站在高高的船舷上，眺望岸上送行的队伍。

缆绳被解开了，舰船"呜"的一声响，渐渐离了岸，在船体与码头之间露出湛蓝的海面,那面积越来越大。

就在那一刻,所有船舷上站立的人都听见了那声声喊叫。一个声音在喊,再见!一群声音接着喊,今后再来!那声音接着喊,再见!一群声音继续喊,今后再来!那喊话的人将手罩在嘴边呈喇叭状,他仍然在喊,再见!再见!再见!所有的"再见"和"今后再来"汇聚在一起,汇成一股隐隐的、巨浪般的声响。然后,那声响渐渐地、无可奈何地低了下去。

他们仍然挥动着双臂,仍然发出告别之声。

岸越来越远,那些黄绿色的身影逐渐变小,越来越小,可那些声音仍在持续不断地释放出来,似乎与滚动的海浪一起向大船的方向翻涌而来。我们始终站在船舷上,直到那些声音变成模糊的嗡嗡声,那些人成为茫茫大海中的一个点,什么也听不到、什么也看不见,我们还站在那里。

我们的眼角无端地变得潮润,那种叫眼泪的东西糊住了我们的视线,好在这种状况并没有维持太久——那些声音消失了。就在那一刻,我意识到,我们的船永远离开了马蹄岛,而他们被留在那里。那些战士被留在茫茫大海中。原本他们就是在那里的,但因为我们的离开,显得他们好像是被临时弃置在那里。在他们眼里,我们大概也是如此,一艘大船渐行渐远,慢慢消失在海面上。

我从马蹄岛带回一瓶海水,取水点就在码头边——是那群人唱着歌、挥着手向我们告别的地方。后来,我在网上搜索"如何保存海水",搜到各种各样五花八门的答案,有人建议放盐使微生物脱水死亡,还有人建议将水煮开,冷却后就可保存。

后来,那瓶海水被塞进书桌抽屉里,连同海岛上的告别一起被忘却了。我不再当文字记者,也不与军营里的人接触。有时在电视里看见穿迷彩服者的身影,也会想起马蹄岛上的人,不知那名叫司月光的士官现在怎样了。更多时候我什么也想不起来。几年之后的某一天,我在一个海滨城市出差,手机上忽然收到好几条短信。

是司月光发来的。他在短信里问我能不能帮他,部队想让他转业回去,但他并不想。"你不是军报的记者吗?一定要帮我想想办法啊。"我就此事询问了过去的同事,但都说没有办法。我忘了当时是如何回复他的,或许只是轻描淡写地安慰了几句,劝他早日回归日常生活,未必不是一件好事。

很快,我就将此事淡忘了,如果不是两年之后,我遇见了登陆舰上的张姓副队长——他们的船就是给马蹄岛送补给的。张姓副队长名叫张豫,我托他购买海岛上的海米和海带,深海里的海鲜味道鲜美,是不可多得的佳肴。有一次,不知因为何事,我问张豫是否认识司月光这人。他犹疑了一会儿,才对我和盘托出。

接下来的事情,就是张豫告诉我的。

——我们并不知道他家里到底发生了什么,有人说是他女儿出事了,一个六岁的小女孩,还在上幼儿园。

——女孩从小是外婆带大的,妈妈也不怎么管。放学回家路上,女孩掉进一口枯井里,发现的时候已经晚了。

——探亲假还没结束,他就回来了。那次之后,整个人就不太对劲了。据战士们讲,那段时间他经常半夜起来爬山,或者深更半夜跑到大海里游泳。领导找他谈话,劝他转业回去。一开始,他是答应的。等那一天真的到来,他又不肯了,说什么也不愿回去，说回去也没有用了。他在部队里又待了几个月，什么事情都不让他做。后来，他就自己要求回家了。

说到这里，张豫叹了口气，继续说道：

"这人也真是怪，地方上要给他安排工作，他就是不要。"

"那件事发生后，是不是他的精神状态一直有问题？"我指的是他女儿的事，毕竟谁遇到这种事，都会受不了的。

"那倒没有。等他自己要求出岛的时候，那方面倒是完全恢复正常了，没有一点儿问题了。"

"那后来呢？后来他怎么样了？"

"后来的事，我就不知道了。"张豫无奈地摇了摇头。

我几乎不能相信这是一个真实的故事，但又不得不信。

"——你不要去问别人，他们不会告诉你的。"

现在，张豫的船仍每半个月去马蹄岛送一次补给，遇到风浪则延期。每年，他的船上都要迎来一批入岛和离岛的人。

他们在码头上迎来送往。

在那里告别。

一年年过去，这个告别的传统一直被保留下来。每一个来到这孤岛的人，都会被这样的场景感动，本能地流下眼泪，事后连自己都觉得诧异，好像仅仅是为了眼前这片浩渺深阔的大海而感动哭泣。

此刻，我想起那只海豹。在离开马蹄岛之前，去沙滩上取水时我遇见了它。那是一只幼豹，全身布满墨黑色斑点，蜷缩在一块大石边，或许是涨潮的时候被冲上来的。黑而湿漉的毛发，眼睛也是深黑色的，宛如两个大而深邃的窟窿。它如此疲惫，好似因在海水里彻夜不息地游荡而变得精疲力尽。

就在我低头取水的刹那,它再次快速地游走了。

现在,没有任何途径可以获悉司月光的下落。他或许回老家的村子里去了,去养猪,养羊,养兔子。

半年之后,我搬进一间底楼带花园的公寓。我在新房子里闭门不出,通宵达旦地写作。我的窗外有一棵树,我从来不知道它的名字。春天里,当它长出那种很绿很明媚的、羽毛状的叶片,我忽然产生一种奇异的、想要认识它的冲动。

之后,我在院子里捡到一些棕黄的、皱缩的、半透明的球果,可以洗手的果实。我知道它就是无患子,而它的另一个称谓——江南的菩提树,似乎更让我兴奋。我想起在那些炎热的国度里,人们盘腿安坐在这种树下,聆听神谕。而现在,这棵菩提树离我只有咫尺之遥,在写作的间隙,我能听见微风吹动叶片发出的哗哗声。当夜里躺在床上,我似乎也能听到那种声响。

那段日子,或许是我成年以来最平静、最安宁的时候。自从辞掉记者的工作,我东奔西跑尝试了许多职业,直到开始写作才真正定下心来。我几乎离群索居。很多时候,我感到世上只我一人;而当动笔的时候,那些远去的人又被我一一召唤回来。

一年过去,我的第一本短篇小说集出版了。那是六月,我在快递公司的公众号里下了订单。我要寄书给远方的友人,与他们分享喜乐。很快,有业务员上门来取件了。来人拥有一张瘦削而深黝的脸庞,站在半人高的院门外,看着我。

我第一眼就将他认出了。

他就是司月光。

没有想到，我们会以这样的方式重逢。

他的外表几乎没怎么变，除了不再穿迷彩服，不戴迷彩帽。大热天的，他还穿着长衣长裤，衬衣最上面的那颗纽扣照样紧系着，整个人裹得可谓严严实实。记忆中那自我嘲讽、自我满足似的笑，已被一种沉静而淡然的神情所取代。他的动作带着职业性的熟练，娴熟地为我打包书籍，打印回执单，提醒我别张冠李戴，出了差错。就在我犹疑之时，他再次低头核对那些地址和电话。

我该说什么呢，先是向他求证那些传闻，继而安慰他？那不断涌上我心头的话，最终却被一种莫名的力量阻止了。其间，不断有电话找他，催他赶赴下一地点或者向他询问业务问题。他的语气好似在向上级领导汇报工作，耐心而谦卑，有求必应。

临走时，他望了我一眼，抱歉地笑了，说还要赶到下一个客户那里，以后要是寄件的话，随时可以找他。

那一刻，他似乎觉察到我的言犹未尽，其实以他的敏感，早就该知道了。

他开着深蓝色快递三轮车匆匆离开了，那里面还塞着满满当当的包裹，需要他去一一递送。走之前，我们互加了微信。他的朋友圈几乎没有更新。最后一条还是三年前，下雪天，一个小女孩站在堆好的雪人身边，红色绒线帽下露出一张胖乎乎的小脸，鼻子冻得通红。因为知道最终的结果，在看到红鼻子的刹那，我心里一阵揪痛。

好几次打开微信对话框，想要和司月光说点什么，最终什么也没有说出口。可那张最后的照片我看了又看。我喜欢那女孩，那胖乎乎的脸蛋上几乎没有任何悲伤的气息。我遇见过一些在这尘世只做短暂逗留的人，那些人大多是天使。我相信这个女孩就是这类人。自从开始写作后，我看见了更多，对许多事情也有了新看法。可是，我没有办法说出自己的想法，也不愿轻易说出口。

每到午饭时刻，餐厅所对的窗户外面，大的黑猫带着一只介乎深黑与棕黑色之间的小猫——这两只猫一前一后，日日安然、优雅地走过那里，好似帝王们巡行自己的领地。每次，我都很想将碗里的食物匀一点给它们。如此纠结了一个礼拜之后，我的意念终于转化为切实的行动。做完这一切的我，坐在窗下，安静地等待着。我渴望见到它们的身影，那样一摇一摆地向我走来，走过我的窗前，看到那碗里食物时的惊喜——我还从来没有见过一只猫流露出那种表情。

可是，它们再也没有出现。一天过去，又过了一天，食物仍原封不动地放在那里。三天之后，我确定它们不会再来了。我像往常那样端坐着吃饭，不再往窗外张望。

秋天来了，无患子树上的叶子渐渐染黄，并在某个落雨的清晨，或刮风的午后，一片片，猝不及防地往下掉。青砖地面上积了一地暗沉沉的黄。午夜时分，当我结束一天的工作，便在那棵逐渐变得光秃的树枝的暗影下静坐片刻。树叶在脚下发出窸窣而安静的声响。

我给司月光打电话。电话响了很久才接通。他告诉我他在路上，被公司派到乡镇片区，以后我这里就不归他管了。如果要寄快递，可以找他同事。随后，他将同事的手机号码发给我。

我似乎看见他骑着那辆深蓝色快递三轮车，平稳而快速地穿过城市汹涌的车流和人流，穿过尘灰弥漫的城乡接合部，奔走在长满水杉和木槿花的乡间小路上。他一边行车，一边用手机和人说话，让人不由为之捏一把汗。

想起童年时代的邮递员，墨绿色的邮袋里好像装着关于这个世界的全部秘密，而在司月光的快递车里，大概也藏了类似的东西吧。不然，他怎么那么热衷于载着它们在路上奔跑，挨家挨户地递送，尽管那些收件人只在拆开它们的瞬间获得片刻欢愉，隔不多久，就会对那些东西丧失兴趣，随意丢弃。

或许，他是喜欢这份工作的，这正是他最想得到的工作。某一天，当我抬头望向窗外枝叶凋零的无患子树，忽然如此想到。

秋去冬来，冷意加剧。这一年，比过去任何一年都冷。一天深夜，我从电影院出来，迎着冷风，脸庞瞬间冻僵了。走过那家已经打烊的奶茶店门口，一开始，我并没有注意到那辆侧翻的快递车。

一个轻微的声音让我不由得回过头去。

幽暗的灯光下，三轮车底部朝天，货物撒了一地。一个年轻的快递员席地而坐。那一刻，我的心急速地跳了几下——会不会是他？我向着那低矮而朦胧的身影走去，地上坐着的人忽然伸出长长的胳膊，就像一个溺水之人发出求救的信号。但那只求救之手很快又缩了回去，他开始低声啜泣，双手在那些压瘪了的物品上神经质地抚触着，似乎那些黑乎乎的东西是他安身立命之物。没有它们，他一刻也活不下去。

他说："它们都被压坏了，统统坏掉了。"

他开始摊手向我诉说遭遇，因为避一只横穿马路的流浪猫，他的车子翻倒在地。就在那一刻，一辆跑车快速碾过，风也似的开走了。他的身体趴在那堆货物上，像个女人那样哀哀戚戚地哭起来。

那一刻，我看清了他的脸，那张无比哀戚的脸上带着孩童似的茫然无措的表情。我喘出一口气，如释重负，那人不是司月光——尽管他们长得实在是像。我蹲下身，隔着那些散乱的、横陈在地的物品，小心翼翼地打量着他，不知该如何安慰他。眼泪已经弄湿了他的脸，这让他的模样显得分外滑稽。他就是用那种滑稽的语气与我说话，说自己不知该如何和客户解释，那些好端端的东西怎么就被压坏了，他无法解释那只猫怎么突然蹿了出来，那汽车为何恰巧跟在后头，而且速度那么快……他无法解释这一切。

他的眼睛睁得很大，双手已经从那些物品上移开，上身仍挺得直直的，挣扎着想要从被围困之物中脱身而出，但没有成功。此刻，他无法接受的似乎不是物品毁损带来的后果，而是事实。它们被压瘪了，损坏了，彻底坏了，不成样子了。他没有保护好它们，这是他的过错。

黑漆而凹凸不平的路面上，那些深色的、大小不一的物品横陈在地，却奇迹般地形成一个近乎规整的圆。他就坐在那圆心里，好似孩童面对满地狼藉的玩具，不知如何向马上就要出现的大人解释这一切。

河水漫过堤岸

我不能去学校了。为了能让我在那里待下去,他们花了太多钱,一家人辛苦赚来的钱几乎全花在我身上了。他们以为我毕业后就能去银行上班,可以赚很多钱,可他们想错了。

从前,我的姑父就是那里面的人。姑父总是说,只要我能拿到大学文凭,他就有办法把我也弄进去。

去银行上班好啊,最重要的事情就是数钱,数钱好啊,又轻松又舒服,尽管数的是别人的钱,可那也是让人开心的事嘛。——亲戚们都这么说。

说那些话时,姑父还是某银行的副行长,他有一间很大的办公室,还有一个专门为他开车的司机。现在,他本人已经在监狱里蹲了快三年了。

我们坐出租车去看过他一次。监狱在一个镇上,地方很大,树很多,都是平房,那些犯人们安安静静地坐在活动室里做手工,做一种叫串珠汽车坐垫的东西。他们低着头,专注于手里的劳作,看上去非常虔诚。我的姑父除了头发变短了点,人消瘦了点,看上去挺不错,还成功地把抽了多年的香烟给戒掉了。

姑父仍然滔滔不绝,尽拣有趣之事说给我们听,口才好到绝对没有我们插嘴的份儿,似乎一点也不为丧失自由这种小事发愁。整个探监过程,我们什么话也插不上,自然无法满足对监狱生活的好奇心。一旦我们流露出一点点想要探知的端倪,姑父便摆出一副满不在乎的神情,似乎在说:每天就是做做手工呀,很轻松呀,没别的事呀。

临走时,姑父塞给爸爸一张纸条,说回去交给姑妈。回程的路上,我在爸爸的上衣口袋里找到那张纸条。那是一张白软的餐巾纸,上面的字是用铅笔写的,又浅又淡,轻飘飘的,好像随时可能消失。我只记住其中四个字:泪如泉涌。

后来,我每次想到那四个字,再联想姑父侃侃而谈的神情,就有一种很奇怪、似乎被什么东西蒙蔽了的感觉。三年时间并不算短,在那种地方更是难熬,不过我在学校的这三年倒是时光飞逝。

现在,我决定不去那里了。

我不想上学了。

既然从学校毕业也不能让我找到一份好工作,既然现在的我就已经找到一份工作了,我为什么还要去上学呢?那工作是我在市人力资源中心找到的。他们给我找来一本书,对我说:"来,你把这个念一下。"我只念完一段,他们就说:"好,别再念了,你可以来上班了。"

我就是这样找到工作的。

我不知道找工作原来这么容易。

他们留了一个地址给我,说随时可以过去上班,他们的人会在那边等我。我犹豫着,不知道要不要去。说实话,我还有点舍不得离开学校,离开家。昨天他们又给我打电话了,叫我快点过去,不然就没有岗位了。

今天,我一定要和家里人说这个事,主要是和爸爸说。在我们家,所有事情都是他说了算。如果他说可以,那一定是可以的。

无疑,这是一件大事……我居然要去上班了,而且是中途辍学去上班,连大学毕业证也不要了。当然,他们早就知道那已经不是什么值钱的东西了,只是不愿意承认罢了。

我躺在床上,想起过去拼命读书的日子,几乎到了废寝忘食、焚膏继晷的地步——一想到那些事,我的心里就塞满哀伤。有一天晚上,我睡不着觉,居然拿着一本英语书跑到人家房子外面的路灯下,还大声朗读出来。一个年轻男人从他的窗户里往外扔废纸团,叫我闭嘴,说我扰了他的美梦。月光下,我落荒而逃,却不知逃往何处。人人都在屋子里,人人都在他们的睡梦中——那些梦里没有升学,没有考试,没有任何烦恼,可我连一个这样的梦都没有。

那些年,有个声音一直在我耳旁说:不要回头看,不要往回走,不然你会变成石头,变成盐柱,变成一只在泥潭里打滚的猪。

可是,那些回头的人,那些中途辍学的人,并没有变成石头,变成盐柱,变成猪。相反,他们年纪轻轻就结了婚,有了不止一个小孩,运气好的还开上了四个轮子的小轿车,买了商品房,用假花来装饰屋子,去郊外的小树林里烧烤,男的在胳膊上文老虎和玫瑰的传奇,女的则文桃花或锦鲤戏水。那些颜色暗淡、刻进肌肉深处的图案让我心里直发颤,一个劲儿地摇晃他们的身体:疼吗?到底疼不疼啊?他们都笑了,笑我少见多怪,他们可不怕疼,疼有那么可怕吗?

学校生活让我变得胆小,我没有去过舞厅,没有化过妆,连溜冰也不太会,而文身更是想也不敢想的事。我怕疼,更怕要是文错了,不喜欢了,那些图案可永远也擦不掉。即使后来有人告诉我,文错了也没关系,有一种药水可以擦掉它们,就像从来没有文过那样干净,可我还是害怕。

这会儿,我决定不再想文身的事。明天,我就要去上班了,我和电话里的人说好了。上班这件原本远在天边的事,此刻只要伸一伸小手指头就能够到。不知道他们听了这个消息会有什么反应。爸爸或许不会同意,如果他都同意了,我妈就不会反对。她是那种什么都听男人的女人,好像连她的力气也是男人给的。她会说:"好的呀,你爸说可以,那一定是可以的呀。"也许,他们早就盼着我能去上班了。他们干了大半辈子的活,没日没夜地干活,早就想歇歇了。

今天,爸爸厂里停电半天,他没去上班,而妈妈上的是夜班,刚回家不久,这会儿或许还躺在那张硬板床上,正蒙着被子呼呼大睡呢。

爸爸下楼的时候,我正在厨房间做饭。那里一片狼藉,所有做饭用的工具,什么擀面杖啊笊篱啊网筛啊漏勺啊,全被我搜罗出来摆在桌面上了。可摆弄那些东西从来不是我擅长的,铲子刮锅底的声音一度让我窒息,好像我的心脏正变成一条大丝瓜,被人拉扯着往外头拽。爸爸看见我的时候,我正被青烟熏得直掉眼泪,怎么也无法让灶膛里的松针燃起来。我甚至用上了蒲扇,那些草木灰就此扑簌簌地往我的眼睛和鼻孔里钻,眼前起了一阵呛人的烟雾。我已经二十一岁了,可连最简单的饭菜都煮不熟,而我的同龄人都已经用结婚礼金来报答父母的养育之恩了。

我抬起头,看见爸爸站在那狭窄的过道上。他的眼睛红红的,里面布满红血丝,那些隐隐缠绕的血丝让他显得神情恍惚。但他和我说话了,或许只是叫了一下我的名字,什么也没说。他的声音显得异常低沉,好像有什么东西正使劲地拽着他,不给他脱身的机会。

终于,他让自己在那张旧餐桌前坐下。无疑,他在等待早餐,或许是在等待那些虾饼、油条、炒米线、肠粉和豆浆,那是他年轻时在一个小岛上品尝过的美味佳肴,从此之后再也忘不了。从前他也喝酒,下酒菜是猪头肉、板鸭和大黄鱼。现在家里只剩甜酒酿,糯米做的,甜得就像白糖水,怎么喝也不会醉……那是我妈和我奶奶喝的,他自己从来不喝那种东西。

我跟爸爸说,我要去上班了。

明天就去。

他的神情就好像我要去镇上书店里买一本书,根本用不着担心什么。我再次说了去上班的事,说有一家公司录取了我,不过他们说要交五百块……押金。我终于将押金的事说出口。现在,该轮到爸爸说点什么了。从前,我和他可是无话不说,他会讲那些未来的故事给我听,说什么以后的天上会有两枚月亮,小学生可以在月光下写作业;水稻再也不必种在水田里;未来的人类只需嚼食一种片剂就能活命；等等。但现在，他连一句玩笑话都讲不出了。他的那只右眼总是充满血丝，早晨我看见他的左眼也成那样了——尽管这一切都在意料之中，我还是感到难过。

我终于煮好早饭，一锅子半生不熟的稀粥，米是米，水是水，泾渭分明，就像速成品。对有些人来说，即使最简单的事也很难。看着那一锅子清澈见底的粥水，我有种想哭的冲动。爸爸端着碗，皱着眉头——那些粥太烫了，他来不及等它们冷却，就稀里哗啦地往嘴里倒。他哆嗦着嘴唇，伸了伸舌头，还是被烫到了。

爸爸放下碗，对我说，他可以给我五百块钱。

——那可是他月工资的一半。

他甚至有点高兴，但又努力掩饰它：如果这是最后一次为我付钱，他自然是高兴的，甚至会有一种摆脱一切重负的轻松感。妈妈如果知道我要去上班了，也会有相同的感受吧。想到这些，我心里有些不是滋味。他们都在盼着我去自食其力呢，哪怕知道我连普通的饭菜都煮不熟，连续加班可能会晕倒在马路上……既然是我自己要去的，他们也就没什么可说的了。

很快，爸爸就把那碗粥喝完了。他一共喝了两碗，喝完用手背抹了抹嘴巴，勉强对我笑了笑。他的神情还是那么倦怠，大概又要去睡觉了。不知从什么时候开始，他总是很容易入睡，有时候吃着饭就能睡着。他甚至没有问我那工作是干什么的，如果那时候问了，或许我就不会那么轻易地交出五百块钱了。

是的，这一切只因为他们太想让我去工作了。

第二天，爸爸扛着行李送我到车站。他一定要送我去车站，好像是要亲自见证这一特殊时刻，终于把女儿养到可以送去上班的岁数，从此之后，再也不必管她了。为此，他请了半天假，穿着那双黑色尖头皮鞋，鞋面擦得锃亮。一路上，他笑眯眯地逢人就说："嘿嘿，这是我的大女儿，她今天要出门了，我送送她。"那些人理解地笑笑，似乎知道我们要去干什么。从家到车站的路上，我们遇见了很多这样的熟人，他和他们打招呼，有些人没等他说完话，就骑着自行车从我们身边过去了。

离车站近了，爸爸却有些沉默了。我感到他的身体似乎缩了缩，又变回过去那个满脸忧愁、低着头拼命走路的男人了。他在担心什么呢？或许，他已经预感到事情并不会那么顺利。

妈妈的反应与我预想的很不同。她的第一句话就是：你是怎么找到那工作的？一个月多少钱？它可靠吗？你为什么不在学校里读完最后一年呢？我告诉她，即使读完最后一年，即使顺利拿到毕业文凭，我还是进不了银行，因为……他们只录取有钱人的小孩。

就是说，我们要往银行里存很多钱，他们才会要你？

那到底要存多少才有可能呢？

——提到钱，她倒吸一口凉气，不再说话了。

早上从家里出来的时候，她已经去上班了，今天，她上的是早班。她是提早去的，大概为了不让自己难过，她干脆一走了之。在此之前，她以为还有希望，即使姑父入狱也没有让她破灭那份希望。现在，她肯定觉得供我念书是个彻头彻尾的错误，所有辛苦全都白费了。

车站近在眼前了，传来商贩的吆喝声——或许他们并没有大声吆喝，但那一刻，我本能地听到一些与此有关的声音，大概是无数过去的场景在脑海里重现了。那是一些临时摊位，吃食放置在简陋的三轮车的车斗上，如遇特殊情况，他们可即刻驾车逃离。父亲走过去，走到一个与他面目相仿的中年男人那里，几分钟之后，他拎着一只白色塑料袋向我走来。

那里面装着两枚深褐色的、蛋壳碎裂的茶叶蛋，似乎还冒着热气。他惶然而匆促地将那只袋子塞到我手里，好像那是一个急于摆脱的罪证——我什么也没想就接了过来。几秒钟之后，我意识到这可能是个累赘。我并不想在闹哄哄的车厢里吃什么茶叶蛋，弄得满手脏污，狼狈不堪。爸爸站在距我三步之遥的地方，那些臃肿的行李就堆放在他脚边，此刻已被他遗忘。他的眼神似乎在告诉我，那些茶叶蛋是他唯一能做的事了，他已经付出太多，以后一切全靠我自己了。我低着头，不敢看他。车子快来了。路边等车的人中，没有谁像我这般忧心忡忡：不知该拿手中的茶叶蛋怎么办，等一上车，我就吃掉它吧；最好别坐最后几排，免得被柴油味熏得呕吐，我要坐在靠窗的位置，如果能在瞌睡中穿过那些隧道就更好了。

所有离开家乡的车子都要穿越一个个隧道，最害怕的是车身刚进入时，那种莫名脆弱的感觉，似乎顶上的山体随时可能垮塌，整车的人将被掩埋。我也知道最终都会平安无事，可那种恐惧和眩晕感总无法消停。

爸爸拽了拽我的衣角，迟疑地说："本来你妈想让你过完生日再出门，可想着还有一个多礼拜……等你下次回来再补过吧。"我诧异地望着他，很怕他继续往下说。一个前途未卜的人，怎么可能对过生日这种事情感兴趣？他或许意识到什么，马上就不说了。大巴车就要进站了，我似乎听见排气管发出的突突声，它带我去的地方可是它每日必去的。

爸爸与我一起默契地望着车子进站的方向，好似只为了等那一刻到来时好提醒我及时上车。此后，直到车子出现在眼前，我们再没有说话。等我终于上了车，如愿在前排靠窗的位置上坐下，窗外已不见他的身影。或许，他正躲在某个角落里偷偷地看着我。但等他往回走的时候，脚步就会变得轻快，好似挑了多年的重担终于放下。

随着车子开出站台，一路前行，我很快将家里的一切抛之脑后。午后时分，我从那辆大巴车上下来，短短几个小时，我已来到另一个世界。下车后吸进的第一口空气意外地清鲜而热烈，漫溢着一股子淡淡的土腥气——地是潮润的，这里刚下过雨，陌生街衢的气息扑面而来。

我走在大街上，路过陈设精美的店铺，绿意葱茏的城市公园，有许多大型玩具的游乐场，看见一个女孩站在墨绿色邮筒前犹豫不决。我忍不住多看了她几眼。那一刻，我愿意与这城里的任何一个人交换身份。我想留下来，留在这群人中间，我要在这里找到一个房间，一面墙，一张床。

黄昏时分，我找到了那里。根据纸条所提示的，我爬了七层楼，爬到房子的顶楼。木门之外还有一道铁门，铁门上挂着长长的锁链。我以为走错了地方。很快，就有人从里面把门打开了，顺便还把外面的锁链也解开了——那个人伸出一双长而枯瘦的手，轻而易举地完成了这个动作。从门里走出一个卷头发的女人，穿着睡衣和拖鞋。

我满脸疑惑地望着她，似乎在向她求助。

就是这里。

你要找的地方就在这里。

——女人的声音充满笃定，不容置疑。

她回头叫了一声，片刻之后，另一个女人披散着头发从门里出来，那人什么话也没说，甚至不看我一眼，就拎着箱子进去了。我不得不跟着我的箱子进入那间顶楼的屋子，一间有两道门、被反锁的公寓房，客厅被分割成一个个玻璃隔间，桌子上摆放着红色电话机。

那些电话机前，坐着一个个穿睡衣的女人。她们的头发都很长，长而蓬乱的头发遮住了她们的脸。红色听筒贴住她们苍白的脸颊，那根螺旋形的电话线镶进她们的头发里，她们压低嗓音，好像是在和一个藏在柜子里的人说话。

我累了，躺到那张属于我的床上。我的左边和右边都是床，那些床并排放置着，就像被捆绑在一起的竹筏子——它们就是竹子做的，硌得我的后背生疼，翻身时发出极其难听的咯吱声，好像那声音来自我的骨头缝里。

给我开门的女人赐给我一个新名字：百灵三号。很快，女人开始用新名字称呼我。

百灵三号，这是你的床。

百灵三号，这是你的柜子。

百灵三号，请把你的身份证给我。

于是，我的身份证，连同从父母处继承来的名字一起被锁进箱子里，暂时用不着了。我躺在床上，想着自己的新名字：百灵三号。我默默地念了三遍。可能这是上一个离开者留下的，她走了，她们便把她的名字给了我。或许，这张床也是她睡过的。

天黑了，她们仍坐在客厅那边的电话机前，好像和她们讲电话的是同一个人，他们有说不完的话。还有一些人躺在我身边，她们把脑袋埋进被子里，无疑，她们在睡觉，但当有人叫她们的名字时——叫的也是代号，她们便快速地从被窝里钻出来，有些甚至连鞋子也来不及穿，赤着脚跑出去。房间里的昏睡者出现短暂的呓语，战栗，蹬腿，挥舞胳膊，继而又悄无声息了。

我或许睡了一小会儿。醒来的时候，四周已一片漆黑。即使有零星的城市的霓虹灯发出的光从窗户外面流泻进来，也不能改变什么，它们不能照亮这屋子里的任何东西。女人们仍坐在黑暗里，手里握着红色听筒，那听筒上的红色部分变得异常耀眼；继而，耳边传来奇怪的窸窣声，压低嗓门的浪笑声，就像暧昧的酒红色丝绸。

没有人去开灯。

白墙上没有任何装饰物，没有照片，没有钟表。时间在这里停住了。给我开门的女人或许在另一个房间。我总觉得这屋子里还有很多这样的房间，那些房间里也满是床铺，从门口一直排到窗户底下，只在床和墙壁之间留一条窄窄的通道。

从客厅那边传来的人声忽然变得遥远，似乎来自比黑暗还要远的地方。她们怎么会有那么多话要说？到底是哪些人在和她们说话？

给我开门的女人对我说，这工作很简单，就是说话，有时候也不一定要说，但不能挂断客人的电话，通话时间越长越好。

我面无表情地望着她，希望她说的不是真的，希望这工作不是她说的那么简单。

放心吧，你很快就会弄明白这是怎么回事的。

——说完这话，她诡异地一笑，走开了。

后来，我才想起那次测验，原来他们只是想测试一下，看我是否能说话，如果发音标准，吐字清晰，那就更好了。

结果是，我的声音太好听了，她们认为我比这里所有人的声音都好听，她们很需要这样的声音。

他们想让我明天上班，或许是后天。一切都取决于我的意愿。她们给我一两天缓冲的时间，观察观察，适应适应，看看别人是怎么工作的。一旦开始工作，便是没日没夜地，再也停不下来了。

我一想到……没日没夜地工作……再也停不下来……在我的生活中，除了工作再没有别的事——这难道不是最理想的生活吗?! 早在学校里我就学会了这一套，除了学习，我什么也不想，什么也不做。

现在，她们希望我也这样。

其实，这里所有的人都这样。我的耳朵里尽是那些嗡嗡声。时间一久，连那些嗡嗡声我也听不见了。某些时候，我甚至感到自己在这房间里生活了很多年，完全习惯了这里的一切。

我左侧床铺上的主人已经回来了，此刻，她就躺在我身边，只需伸一伸手就能触碰到。她的两只耳朵都埋在被窝里，黑暗中只看见一片黑乎乎的头发。刚才她进门的时候，我条件反射似的坐了起来，想对她笑笑，和她打个招呼。可是，她的身体还没有完全接近床铺，差点栽倒在地。没过几分钟，她就已经直挺挺地躺在那里，像个男人那样打起呼噜来。

自从她躺在那里后，我第一次产生一种与人相依为命的感觉。我不自觉地靠近她，闻着她身上的气味，忍住了想要触碰她的冲动。等她醒来，我一定要问问她，"百灵三号"是怎么回事，她是怎么离开这里的。既然她的身份证和名字都被锁在箱子里，既然她们告诉我说这工作是世上最轻松的工作，只要动动嘴皮子就能赚到钱——她为什么还要离开呢？

从跨进这房间的那一刻起，我就想，千万不能让她们看出什么。我乖乖地从口袋里掏出名字、身份证和所有的钱。我没钱了，也没地方可去了。外面天黑了，街上的人都回家了，或者去跳舞了。我又不会跳舞，那种震耳欲聋的音乐声让我头晕，站都站不稳。

可她们都说我的声音真好听，就像真正的百灵鸟那样动听。我从没有听过百灵鸟的叫声，也不知道她们想说什么，更不知道为什么那种工作需要好听的声音。我知道的是，我在这里睡不着觉，一个屋里要是住着两个以上的人，我就很难入睡。在学校里，我还有一顶黑帐子。只要一躲进那帐子里，只要她们不说话，我就以为这世上只我一人。

那一刻，我想到姑父，就像想起一个过去年代的人，一个只听说过名字而没有见过面的人。大概他也在这么一个大屋子里睡觉吧，他的脑袋边上一定还有别的男人的脑袋。一开始的时候，他肯定也觉得难熬，但最终都会适应的。那次探望之后，我们再也没有去看过他,也很少想他。每当过节的时候,面对一桌子好吃的饭菜,我们就会假惺惺地说:"不知道姑父有没有吃到好吃的东西,但愿他也能吃点好的。"说完,大家便大快朵颐起来,转眼就把他忘了。

一旦家里有人抱怨工作辛苦,什么钱也赚不到,奶奶就会说:想想住在里面的人吧。奶奶的话很有用,果然就没人再抱怨什么了。

现在,我终于找到工作了,这么轻松的工作,只要张张嘴皮子就行,奶奶要是知道了肯定会高兴。她会说:"阿弥陀佛,这世上还有这么好的事。"此刻,她肯定已经知道这事,我妈会和她说的,而且她只会拣好的事情说,还喜欢在那些事情上描红,让它们看上去闪闪发光——就像奶奶用金箔纸叠做的元宝,它们也在黑色木箱子里闪闪发光,那光芒出现在奶奶皱纹密布的脸上。

后来,我睡着了。我在那屋里睡了一个晚上还是两个晚上,现在已经想不起来了。醒来的时候,我已经坐在那架红色电话机前。客厅里很安静。所有人似乎都睡着了,她们不是趴在红色电话机前的桌子上,就是躺在那张竹床上睡。整个屋子只有我一个人醒着。我搞不清楚这是清晨还是黄昏,光线有些暗,屋里有一种滞闷的感觉,可能快要下雨了。

无论下雨还是下雪,我都不必管了。我在一个屋子里,一个温暖的、四季如春的屋子里,还有空调。上班的桌子离睡觉的床只有几步之遥。从此之后,他们再也不必担心我会被风吹到,被雨淋着。

我还是想不起来自己怎么会坐到这电话机前。无疑，我在等电话铃声响起。只要我接过一个电话，和电话里的人聊一会儿，那我的工作就算真正开始了。一旦开始，我便不能离开这里了。

没想到，这屋子里会有那么多台电话机，在我家，我妈连电话线长什么样都不知道。装电话机太贵了，在电话里说话更贵。我不知道那些打电话的都是什么人，他们是怎么知道这些号码的，其中有没有我认识的人呢？

我死死盯着眼前那一架鲜红的话机，等待指示灯亮起。上初中的时候，有一次，我走过学校阅览室门口，里面那声音"丁零零零——"地叫嚣着，我知道那是电话机发出的声音——我在电视里听到过那种声音。我走进去，举起听筒，那声音马上就消失了，随后我的耳边传来另一个声音，一个男人的说话声。他说他要找一个人，那人恰好是我的英语老师，住在阅览室楼上。我请他稍等片刻。说完这话，我顺便把手里握着的东西"哐当"一声丢回凹槽里。那时候，我根本不知道自己这样做其实已经把电话挂断了，等英语老师下楼的时候，什么电话也接不到了。

从那之后，只要耳畔传来"丁零零零——"的声音，我逃得比谁都快。

现在，这屋子里有那么多台电话机，要是一起发声的话，都分不清楚到底是哪一台在叫。我的名字是百灵三号，她们告诉我，要主动把自己的名字告诉客人，这样他们下次还会来找我，这样找我讲电话的人就会越来越多。

此刻，我既听不见那些人的呼噜声，也听不见电话铃声，但我听见了雨声。外面下雨了。我艰难地抬起头，透过窗帘之间的缝隙望向窗外。密集的雨点正无声而热烈地砸在窗玻璃上，在那里汇聚一堂。雨下大了，或许是黄昏来临了，也有可能只是清晨。雨挡住了光线，使得室内愈加昏暗，很快，除了眼前那台红得发亮的电话机，我什么都看不见了。

很多年前的早晨，当害怕已久的日子终于来临时，也下雨了，连绵的雨线砸在瓦楞上，发出巨大的声响。我躺在床上，一点儿也不想去学校。我真的没有起床，没有下楼，没有走进那些雨里，没有去上学。他们就在楼下，谈论餐桌上的早饭，谈论这一场骤然而至的雨，说小河里的水都快漫过堤岸了——最终，他们的谈话声也被雨声淹没了，什么也听不见了。

他们将我遗忘了，忘却了我没有去上学的事实。许多年过去，没有人知道那个清晨，因为雨，我躲过了一场灾难。

现在，窗外还在下雨；很多年后，也会有相似的雨水降临。那些雨没什么特别的，它们终究会停。最难熬的是此刻：在两场雨之间，在电话铃声响起之前。我已经知道自己要说什么，屋子里那些百灵都是那么说的，我只需和电话里的人说上一句话，哪怕仅仅是发出一声叹息，一切就会被改变。我相信，这世上所有的事情都是这么发生的。

我等待着，侧耳倾听着，不放过屋子里的任何声音。

艰难的一天

那天清晨,敲门声响起时,他还躺在床上。他的妻子躺在另一张床上。他以为响声过后,她会爬起来,哭着喊他的名字,问他该怎么办。他知道她早就醒了,天还没亮就醒了。那段日子,他们一直在等河那边的消息。现在,报信的人来过又走了。她却像个没事人似的,悄没声息地躺在那里,好像这屋里根本没她这个人。

半个月前,一个女人将他们唯一的儿子带回来。消息传开后,引起不小的震动。远道而来的人纷纷跑到河对面的房子里,与躺在床上的人进行各种交涉,却徒劳无果。

此后不久,一个穿皮夹克的中年男人从河的那边过来敲他们的门,说十几年前,他们的儿子曾向他借过一笔钱,现在他来讨债了。他不认识那个人,更不知他来自哪里。自此,一些操异乡口音的人陆续到来,他们不再去河对岸,而是直接跑到他这里来。如果数目不是太大,他会选择支付。可来人越来越多,理由也越来越五花八门,他很快招架不住了。

白天,他们不得不门窗紧闭,待在黑黢黢的房间里;而一旦暮色降临,他们就爬到床上去。如果河对岸有什么响动,他们肯定会听见。女人会派人来通知他们,即使她不来告知,他们也会知道。

二十年前,河对面还没有房子,那里是一片乱葬岗。第一户人家造房子的时候,请了寺里的和尚,做了三天三夜的道场。没过几年,那些红砖砌成的房子很快就占满整座山岗。他们的儿子也想住到那种房子里去,水泥地,玻璃窗户,外墙上贴着五颜六色的马赛克瓷砖。到了夏天的晚上,人们就可以躺在楼顶的平台上讲闲话、乘风凉。

他们决定养猪,一年内养了十几头猪。他们把猪肉钱换成钢筋、水泥、砖头、五孔板,堆在宅基地上。他们决定造房子那年,儿子出门去了。三年后,当他回来,新房已经造好,除了没有马赛克瓷砖,其他都是照着别人的样子来的。他的腰就是那时候弄坏的,没日没夜地搬那些建筑材料,再也没能直起来。

现在,儿子终于回来了,是被一辆小汽车送回来的。他们把车子开过桥,开到河对面,开到离那幢房子只有几步之遥的地方才停下。女人在司机的帮忙下将儿子弄到二楼,从那天起,儿子一直躺在那里。

一开始,他的喉咙还梆梆响,吵着要这个那个。一旦女人没伺候周到,他就摔盘子丢碗,和从前没什么两样。可到底是生了病的人,脸色一天比一天灰暗,疼得最厉害的时候,只能在床上打滚。

没想到这一天来得这么快,其实,他应该想到的。

妻子那边依然毫无动静,他胡乱抓起几件衣服往身上套。下楼时,右腿膝盖一阵抽搐,最后几级台阶几乎是匍匐着爬下去。在厨房的食品橱里,他找到一个冷馒头,胡乱嚼了几口吞下去,暖瓶里没有水,黄酒瓶子也空了。

这时,他听到楼上卧房传来声响,他的妻子已经从床上爬起来,过不了几分钟,她就会从楼上下来。或许,她会跟他一起过去。儿子回来后,她还没有去过那里,每次他从那里回来,她总是低着头织网,假装什么也没看见。

他快速推开房门,朝外面走去。

天灰蒙蒙的,还没完全亮透。眼前好似蒙着一层阴翳。有一刹那,他还以为是雾气,冬天的早晨总是起雾。他的双腿擦过路边低处的灌木,似乎传来一阵模糊的声响——可他什么也没听到。他的耳朵正朝向河对岸。在那里,他的儿子躺在一个灰房间里,地面和墙壁都是灰的,儿子的脸也是灰的。此刻,河那边静悄悄的,什么声音都没有,连流水声也消失了。过了很久,他才想起除了敲门声还有人声——尽管那声音很微弱,疲倦不堪,好似赶了一夜长路,可还是被他捕捉到了。它好像在说:"起床呀,快点起来呀!"

他走在那条唯一的村街上。街的东头是拱桥,过了桥,便是儿子家。三层楼房坐落在荒草丛中,底楼的院子快要被荒草浸没了。它早已不是什么新房。好多年里,那里面都没有人住。

他的儿子回来了,就躺在二楼房间的床上。他宁愿儿子不要回来。从前,他过够了担惊受怕的日子,也适应了那种日子,早就无所谓了。再说,偶尔也有好事情发生。有一次,儿子托人带钱给他们,尽管很少,他们还是高兴了一阵。后来,那笔钱又被儿子顺走了,甚至,拿走了更多。这些,都不算什么,比这严重一千倍一万倍的事情都发生过。实在太多了,多得根本不像是一个人所为。

此刻,躺在床上的人,他的儿子,下巴已经烂掉了,没法接水喝了,可还要喝酒,叫女人去小店里买酒。儿子要喝五十五度的红星二锅头,一天能喝上一瓶。去过那房间的人都说那里很臭……他们闻到皮肉腐烂的臭味。可他什么也没闻到,他只是吃不下饭,每次从那房间出来他的肚子就像塞满东西,沉甸甸地往下坠,没来由地恶心。在此之前,从未有过那种感觉。

他感到脖颈处一阵凉意,回过神来,发现自己已经站在拱桥上了。几年前,这座村里唯一的石桥开始出现倾斜的迹象,人们发现后立刻在桥底下支了木头。现在,那些木头还站在水里,当他往桥中心走去,似乎感到那木头猛地下沉了好几公分。

他第一次感到桥的两边是空的,只要往左右两侧走上两到三步,就会掉下去,掉入冰冷的水里。那些黑色的水正贴着溪床无声地流淌着,流到深渊里去。他的腿脚忽然抖得厉害,好像已经支撑不了身体的重量。

在桥上,他再次看到那座孤零零的三层楼,二楼的房间里果然亮着灯。在逐渐变亮的天光里,那灯光显得异常微弱,好似一个人的喘息。他马上听到了那种貌似喘息的声音。随即,他的两只耳朵里灌满了那种声音。后来,他就是循着那声音走进房间。他的儿子躺在那张棕绷床上,身体裹在暗红色的被子里,只露出脖子以上部分。他没有看见儿子的脸,或许他看见了,但因为那脸上的眼睛紧闭着,并没有给他留下任何印象。他望了望那女人,又慌乱地将目光移开,径直坐到角落里那只板凳上。

他带着梦游者的表情坐在那里,目光毫无聚焦。过了很久,他才发现房间里没人了,女人下楼去了,或许是去叫医生了。隔壁村里有个赤脚医生,开着摩托车到处给人看病。儿子回家的第一天,他就来了。

他在拱桥上遇见赤脚医生,后者正背着药箱,骑在摩托车上。医生放慢车速,竭力表现出某种平静的表情,可能想和他聊几句。后来,村子里的人看见他都是那种表情。在外人眼里,这些年里,他和妻子过得委实很难。彻夜不眠的夜里,他也会想今后的日子,要是手头有点钱或许会好一些。可除了这间不值钱的房子,他们什么都没了。某个夜里,他忽然听见猫头鹰的叫声,它从后山的方向传来。后来,只要他和妻子躺到床上,那声音就会忽然跳出来。

现在,房间里,那被子里的身体也在发出一种奇怪的声音。好几次,他都想去摇晃它,让它消失。在儿子的身体与那声音之间,好像连着一根丝线,稍不小心就会绷断。他缩着脖颈,垂着头,坐在那里,双手小心翼翼地搁在膝盖骨上。那只板凳,还是那具躺在床上的身体在很小的时候使用过的。那时候,他还是一个乖巧的小孩,黑眼睛骨碌碌地转,很机灵,看到的人都说他很机灵,是一个顶顶聪明的小孩。

十四岁那年,他从学校回来,把书包扔到井底。十八岁时在胳膊上文了龙身,并开始偷东西。二十二岁那年,把人打残废进了监狱。三十六岁的生日刚过,他第一次结婚,没过几年,妻子就跟人跑了。

脑海里缓慢地回放这些场景，但他已经没什么感觉了。即使想到一些印象深刻的，也没有从前那样反应激烈了。它们慢慢地淡化了，迟早会被他遗忘。什么都会过去。他熟悉这种感觉，知道它是怎么回事，但眼下的时间却让他感到难挨。身体发出的声响如此陌生。那张露在被子外面的脸，好似置身于一个空无所有的时空里，什么表情都没有。大概什么都不知道了吧，他如此想，心里有一种奇怪的感觉，倒也不觉得怎么难过。

这时，楼下响起脚步声。他以为赤脚医生来了，或许还有别的人。可推门进来的是那个满脸疲惫的女人，她让他想起妻子年轻时的模样。这一刻，他终于想起女人的名字，好像叫什么红。

红手里拿着一双黑皮鞋，告诉他这是刚从镇上的皮鞋店买来的。他的鞋子都太旧了，需要一双新的。说完这些，红俯下身体，给躺在床上的人试鞋。

他问她医生什么时候来，或许应该叫医生来看一下。

"他一直发出那种声音，有点响。要不，还是让医生来看一下吧。"他指了指那具躺在床上的身体，嗫嚅着，不知该如何往下说。

红转过身，甚至对他笑了笑。她告诉他，医生一大早就来过了，还打了一针哌替啶，因为他疼得太厉害，实在没法睡觉。说这些话时，红的脸上始终保持着那种淡淡的笑意，好像为他终于能睡上一觉而感到高兴。

原来医生来过了。或许，就在敲门声响起的那一刻，医生就来了，还给儿子打了针。在此之前，儿子还是清醒的，还会因为疼痛而破口大骂。现在，儿子的身体放弃抵抗，睡过去了。

他点了点头，平静地望着红将鞋子套在那双穿着袜子的脚上，又小心翼翼地脱下，并排放在床前的水泥地上。鞋面很黑，皮质是软的，不用系鞋带，那是一双很不错的鞋呢，他想。

二十分钟后，理发师推门进来。

他的身体一阵战栗，差点儿从小板凳上滑下去。理发师在躺着的脑袋下面垫了张白布后，便开始工作了。电动剃发刀发出的轰轰声在房间里回荡，试图将他身体里的声音压下去。有一刻，他什么声音也听不见，只看见水泥地上堆着越来越多细碎的黑发，它们是从那块白布上滑下来的。那些头发看上去还很黑，闪烁着模糊而油腻的光泽。

理发师离开后，红开始清理地上的碎头发。他屈着腿，坐在那只小板凳上没有动，只看到棕绷床的床沿和腿，还有被子膨隆的外形，却看不到儿子的身体。

红给他端来早饭，一碗白米粥，一只咸鸭蛋。他坐在凳子上，稀拉哗啦，没怎么咀嚼，全部吞了下去。有一刻，他甚至想躺下睡一会儿，或打个盹。或许，他真这么做了，也有可能，他只是头靠着墙壁眯了一小会儿。当睁开眼睛，他再次听见那声音，比之前更显急促，已经越来越急促了——那根弦绷得更紧了。床上的人仍纹丝不动地躺着，他的身体藏在暗红色、厚软的被窝里，显得无所事事。有一刻，他甚至想，这总比疼得满地打滚好。或许，他还会醒来的。等红上楼的时候，他要和她商量一下，看能不能叫医生再来一趟。

这天上午，陆续有人到这房子里来，他们在楼下厅堂里压低了声音说话，发出窸窸窣窣的声响。他们肯定不是这个村子里的人，如果是的话，早就大声叫嚷着爬上楼梯，进到病人的房间里看他疼得满地打滚。等看完了，好奇心得到满足了，他们就会说：你要好好养病，你的病一定会好的！

可那些人没有上楼来。这些年里，儿子在外面认识了不少人，他知道那些人是不一样的。这个叫红的女人，也和别的女人不一样。这次，就是她把儿子带回来的。她一个人照顾他，还要和村子里的人打交道，而在此之前，她根本就没来过这里。

他知道，躺在床上的人已经没多少时间了。他只是一息尚存，那个奇怪的声响就像是被人追赶时发出的喘息声，是垂死挣扎。此刻，他真想回到自己的屋子里去，蒙上被子，好好睡上一觉。他还活着，却比死去还难受。等那一刻真的到来时，或许已经没有多大感觉了。

他忽然想到妻子。这会儿，她应该在织网了。她可以不看线绳和梭子，照样织得飞快。这几年，除了织网，她很少出门，不知道外面世界发生的事。其实，很多地方已经用机器取代人工，很快，她就要什么活也接不到了。一想到她有可能出现在这间房里，和他一起看着这床上纹丝不动的人，便怕冷似的缩成一团。只要她不出现在这里，他就有办法度过这一天。无论发生什么，他都能应付。他了解并熟悉每一个步骤，完全知道该怎么办，而那个叫红的女人似乎也什么都懂。刚才，她半蹲在儿子床前，握着他的手，将嘴巴凑近他的耳边，好像在和他说什么话。那一刻，他的眼泪莫名地下来了。他垂下头，快速将它拭去。多少年了，他从没有去握过那双手。

他一次次地想站起来，走到那床边，将手探进被窝里，去触摸它，握住它。当它们还只是一双胖嘟嘟的小手时，他就经常将它们握在手里，或者挂在脖子上，荡啊荡。他们之间的这种亲密游戏导致儿子经常脱臼，疼得龇牙咧嘴，哇哇大叫。可那时候，他们是真高兴啊。

那不是他们的第一个孩子，他是那个孩子消失五年之后，才来他们家的。他和妻子都很宝贝他。妻子说，那就是他们的孩子——是他投胎转世而来。因为他也出生在冬天，还因为他的臀部也有一个胎记，和那死去的男孩几乎一样。

男孩第一次出现在他家时五岁，脸色黄黄的，小眼睛滴溜溜地转，很机灵。看见的人都说这是一个聪明的小孩，长大了肯定有出息。他们把所有能省下来的都喂了他，没让他挨过一天饿。

后来，当他开始变坏时，他们整宿整宿睡不着。他们感到内疚，好像这一切都是死去男孩的主意——所有的劣迹都是他来不及实现的行为。不知从什么时候起，他们开始容忍他的一切，当作最平常不过的事情接受下来。

他欠下的债，他们替他还了；他打了人，他们拎着礼品前去探望、赔礼道歉；他离家出走后，他们又到处找他，托人带钱给他。听人说，他去过柬埔寨、老挝和越南，贩卖过玉石、牛角梳和灵芝，还赌博、放高利贷。这些事情都是陆陆续续地，从别人那里打听来的。漫长的夜里，他和妻子轻声聊着这些，不相信一个人可以跑那么远。那些地方都有什么呢，他在那里会遇见哪些人，都吃些什么东西啊……他们都一无所知。

现在，这个去过很多地方的人回来了——他没地方可去了。他的床边放着一只脸盆。喝水的时候，那些水会从他的下巴底下漏出来，滴在脸盆上。几天前，当他亲眼看见那一幕，忍不住哭了。

此刻，他真想把手伸到被窝里去，去摸他的手臂、大腿、脚丫子，还有他的手。他要把他搂在怀里。那是他的孩子。他想起很久以前，他用竹竿射了他。他带着受伤的脚后跟逃走了，从此很少回家。

他感到骨头疼，针扎一样的感觉。天太冷了。他真想从屋子里跑出去，跑到有阳光的地方，可这是阴天，昨天也是，连续好多天都是阴阴沉沉的，他到哪里去找那些阳光呢？

就在那一刻，他再次听见猫头鹰的叫声。

他坐在小板凳上打盹时，忽然听见那个声音——大白天怎么会听到这个？睁开眼睛，他看见红推门进来，手里拿着一只碗。他茫然而惊恐地望着她。就在那时，床上躺着的人忽然发出猛烈的喘息声，那声音越来越急促，好似被人扼住了咽喉。

他走过去，捧住那个脑袋，红则往紧闭的嘴里灌茶汤。这次，汤水不是从下巴底下，而是从嘴角直接溢出来。他以为自己已经做好准备，可是，当那滴浑浊的眼泪从临终之人紧闭的眼角滑落，他还是双腿战栗着直不起来。

傍晚时分，他们要把死者的床搬到河水里浸泡。另外，死者生前用过的衣物也要全部烧掉。

他跟在那些人后面，再一次去了河边。

他们抬着那些东西，走到很远的地方，河的下游。风中传来隐隐的哭声，以及和尚的诵经声。冬日的黄昏，没有阳光，空气中弥散着清冷的气息，更多的风和冷意正翻山越岭往此地奔袭而来。他们在衣物上浇了很多菜籽油，才将东西点燃。火光微弱，一起一伏，灰烬被吹到河面上，流向远方。

棕绷床浸在水里，水草和卵石也在那里，还有一些绿油油、黏糊糊的沉浮物。河水不断流过，无声地冲洗着它们。

结束后，他从口袋里掏出一包烟分给帮忙的人，自己则沿着河的下游，走到与邻村交界的地方。天黑的时候，他才带着一身泥泞回家，膝盖被石块刮破了，有隐隐的血迹渗出，倒不觉得疼。他没有吃晚饭，径直躺到床上。他的妻子在没有点灯的屋子里织网，梭子摩擎网线发出的声音格外刺耳。他没有和她说话，他已经累得说不出话，只想好好睡上一觉，明天醒来的时候一切都结束了。可一闭上眼睛，嗡嗡声就在耳边响起。儿子没有走远，还在附近徘徊，或许想要和他们好好地道别；他不明白天这么冷，他们为什么还要把他放到冰柜里。但他再也不会起来反抗了，不会把玻璃砸碎，从冰冷的柜子里爬出来。

他曾经这么做过，把家里的玻璃窗敲碎，把锅子也砸碎，还有碗。屋子里到处都是碎片。他没有办法了，去找村长，村长叫他给派出所所长打电话，说这样做的人就应该受到惩罚。他没有那么做。他去了集市，从那里买来锅子、碗和玻璃，直到下次这些东西重新变成碎片，不得不再次购买。

有一年夏天，儿子从外面回来，全身皮肤溃烂，流着脓水。他不再出门，躺在床上看电视、玩扑克牌，骂骂咧咧。他们不敢问他得了什么病。那一回，他和妻子都感到害怕，他们不敢接触他用过的东西，对碗和筷子也是用滚水烫了又烫。

恢复健康后，儿子马上从家里偷了一笔钱，逃走了。他们却舒了一口气，好像因此获得了解脱。

这么多年，真正让他们害怕的是另一件事。那是发生在别人身上的事，他想也不敢想。有一对老夫妻将痴呆的儿子杀死在家中。那个人的家就在邻村的马路边。每次去镇上经过那里，他都要飞快地往前走，不敢张望一眼。

如今，那里已亭亭如盖。

不知从哪天起，他的妻子除了织网，不再关心别的事。她总是说，这就是命。她说这些话的时候，倒毫无抱怨之意。年轻人一茬茬长大，他们也打架、逃学、偷东西。从他们身上，他看到了儿子的身影。儿子杳无音信的那几年，他们忽然感到他有可能已经变好了，如果儿子开始想女人了，那就会变好的。随着他离家日子的增多，他们开始幻想他有一天带着女人和小孩衣锦还乡，就像村里别的年轻人那样。

此刻，一切都过去了。他的妻子已经躺在另一张床上睡着了。这是这些天以来，她第一次安静地入睡。她也去了那里，他给儿子穿衣服时，她悄无声息地进来了。好像这是她精心挑选的时间，这件非她莫属的事情终于落到她头上了。红却在边上哭喊着说这是她的事，妻子没有理她，径直走到床边，对他点了点头。他们配合默契，就像回到儿子小时候。他摸到了儿子的手、胳膊和大腿，那具刚刚咽气的身体居然像蒸架上的馒头一样松软。他和妻子给那具松软的身体穿上衣服、裤子和鞋，将它裹得紧紧的，幻想着将那点热气永远留住。

耳边早已哭声大作，先是红，她抽抽噎噎地哭，扑倒在棉被上哭，抱着床脚哭，发出母狼一样的哀号声，声量惊人。同时，

105

楼下出现响动，邻居们闻声而来，好像一直等着这一刻的到来。他心里充满厌烦，这些哭声扰乱了他的节奏，他不得不抓紧每一分钟。热气不断地从那身体里逃逸出来，他拼命地想要堵住它，不让它逃走。当他们把那具身体抬下楼去时，他的手才开始发抖，腿脚一软，瘫坐在地上。他不知道妻子是怎么离开的，再次看见她时，她已经在那屋里坐下织网了，门窗紧闭，没有点灯，梭子穿过网线的声音就像呜咽。

可那一刻他什么都不知道，什么也听不见，好像死去的不是儿子，而是他自己。他给自己穿好衣服、裤子，所有纽扣都扣得整整齐齐，没一点儿差错。鞋子还是新的，未沾上尘泥。

他感到满意，再一次去了河边。

很久很久以前，他们的孩子，一个只有三岁的男孩，走到那条河里。那时候冬天还很冷，水面会结冰。男孩掉到冰窟窿里，找到时，手里只抓着一根稻草。

后来，他们还是想要男孩。然后，他们用五十斤稻谷和一包花生糖，将五岁的男孩领回家。男孩的父母有太多孩子，根本不在乎多一个还是少一个。

这天晚上，下起冬天以来的第一场雨。细雨蒙蒙，落在草叶上、树枝上，发出似有若无的声响。他躺在床上，想起很久以前，也是这样的雨天，他去给儿子送钱。那年，儿子才二十二岁，失手将人打残，对方不依不饶，一定要把他送进去。半夜，他从家里出发，翻山越岭，掉进农人为捕获野猪而设的陷阱里。他的腿受伤了，于是平生第一次坐黄包车。一路上，车夫不停地和他聊天，讲笑话给他听。他忍着痛，不得不忍受着那人的絮叨，心里感到厌烦。他要去的那个叫青浦的地方在城郊，那里没有居民区，只有高耸的铁丝网所围的院墙和墙外的荒地，而黄包车车夫居然什么都知道。

他知道人们为什么要去那里。

"喂，老乡，别那么愁眉苦脸啦！我敢说，所有待在那里面的青年都是好青年！他们只是太着急啦。 出来，他们就会变好的！

"你等着瞧吧，他们都是好样的！是绝顶聪明的！"

这么多年过去，车夫的话他还一字不漏地记得。最难熬的时候，他把这些话一遍遍地复述给自己和妻子听。以后，他不会再说那些话了。再过几天，等事情结束，等红离开后，就不会有人谈论他了。对儿子和红之间的事，他一无所知。此刻，他心底的某种感觉忽然变得强烈，脑海里浮现红附在儿子耳边轻声说话的场景。她双手捧着他的脑袋，彼此的嘴唇好像要凑到一块。今天，她都哭得直不起腰来，他从来没有见一个女人哭成那个样子。他们那么好，这个叫红的女人居然对他儿子那么好。黑暗中，他张大嘴巴，久久说不出话来。

窗外，雨下大了，窸窣声消失，被一种绵长的哗啦响所取代。他从被窝里坐起来。河对岸又传来隐隐的呼喊声。他以为结束的一切，不过是刚刚开始。

新，年，快，乐

一年中的最后一天，娜西斜倚在货架前凝望着门厅外的光影出神。昨夜梦里所见历历在目，荒草比树木长得高，毛茸茸的白花蔓延成浩瀚的花海，死去丈夫的脸宛如深红色浆果出现在白花丛中，额头上密布着黏糊糊、亮晶晶的汗液，她蹦跳着想去触碰那饱满多汁的脸庞，可它瞬间消失在一道白光里。

已经很多年没有梦见丈夫了。丈夫去世前的那个秋天，他们还一起去密林深处打野栗子，深棕色果子藏在一个个长满毛刺的囊壳里，经阳光晾晒，风儿吹拂，果囊表皮上的刺渐渐开裂，供出光亮、洁净的野栗子。打那以后，每年野栗子成熟的季节，娜西都有一种想要抛下一切跑到山林里的冲动。

梦里的丈夫还是当年模样，一点儿也没变，好像那个世界风平浪静，再无尘世的忧愁与喧嚣，容颜也便停止了更新。每年清明，娜西为丈夫准备的食物总是固定的几样，但今年没有买到猪头——没有就没有吧，想必丈夫也不会计较这些。这几年，祭桌上撤下的食物都被她浪费掉了——她胃口越来越小，没吃几口就饱了，奇怪的是身上那股干活的劲儿却丝毫不见衰歇，似乎体内装着一架永动机,无需任何燃料就能自行运转。不仅外人相信这个,连家里那个人——她的儿子也对此深信不疑,认为自己的母亲是个名副其实的超人。

娜西听到门厅外传来一个娇怯、微弱的女声:"请问,里面——有人吗?"蹩脚的普通话中夹杂着浓郁的外乡人口音,又带着奇异的属于童稚状态的天真,这两者奇妙地混合在 起,让娜西心头一震。她转身望去,看见一个单薄矮瘦、约莫三十出头的女人站在门帘前面,就那样直挺挺、孤零零地站着,左手掌敞开着,右手握着左手手腕处,双腿却紧紧并拢,让人感到那身体随时可能前倾,扑倒在地。

当然,她的担心是多余的。女人稳稳当当地站着,脸上含着笑,那些话从她嘴里顺畅地滑溜而出,并不费什么力气。

"小安病了,医生也不晓得他生了什么病,他一直躺在床上睡觉,今天早上才跟我说他问你借过钱呢。我来,就是为了告诉你一声,小安病了,暂时还不了那个钱。不过,我会想办法的。晚些时候,我再到你这里来。你放心,我还会来的。一定会的。"

说完这席话,女人仍直挺挺地站立着,双肩因此微微抖动,就像被什么东西摇晃着。女人的脸让娜西想起一种叫北京红梨的水果,暗黄的脸颊上分布着匀称的、深褐的斑点,颧部尤其红润,那部分皮肤红而微微皱缩着,好像被什么东西烫坏了,眼神却是少见的平和,平和而镇定自若。

女人离开后,娜西的脑海里慢慢浮现那个年轻男人的身影。他悄无声息地躺在床上,他的女人不知他得了什么病,连医生也诊断不出,或许他并没有生病,只是患上了嗜睡症。

终于，娜西想起女人的名字：丹丹。她是小安的老婆，和小安一起来过店里。很多时候，他们只是路过这里什么也不买，临走时却故意说下次会来买这个那个。他们大声谈论那些物品的名字，要派什么用场，似乎因此就能获得满足。

那两个人都在塑料厂做工，男的在车间里做模压工，女的在食堂里烧饭。塑料厂附近就有小卖部，可他们无论买什么都要到她店里来，每次都是假装路过。娜西当然知道这是怎么回事。

有一天傍晚，那男的进来买东西时，碰巧店里有只灯泡烧掉了，娜西手忙脚乱借来梯子，望着那面屋顶不知如何是好。他自告奋勇要帮她换新的，爬梯子的动作却显得迟疑，好不容易爬至最上面一格，却不知如何双手配合着去拧那灯泡；而她双手扶着梯子，仰着头，感到非常恐惧。

娜西送给男人一件新衬衣，在衣柜里放了好多年终于派上用场，因为是全新的，他显得很高兴，有些不好意思拿走。

刚才那女人进门时，她就应该想到这是旧年的最后一天，女人来这里绝不是为了买东西。娜西找出账本摊放在玻璃柜台上，一页页翻看着，她并不会写字，那些以特殊符号记下的账目只有她自己看得明白。还有人没来清账。她知道他们会来的，这是一年中的最后一天。

自从有了这家店，娜西的日子过得还不坏，陈列架上满满当当的货品带给她无可名状的骄傲感。它们都是她的，都要经她之手出去。她认识的字不多，能写的更加少，可标签上的文字她全认得。

——每次想起这些,娜西都觉得不可思议。

外面有零星的鞭炮声响起,空气中弥散着似有若无的硫磺味,到了午后那气味会愈加浓烈。鞭炮声猛然炸响的刹那,娜西感到莫名的紧张与慌乱,好似有什么东西在驱赶着她,让她从这个屋里走出去,去往陌生之地。

门帘外响起不紧不慢的脚步声,娜西闭着眼睛也知道是谁来了。今天,她一点儿也不想见到那个叫五梅的女人,可五梅已经撩开门帘进来了。五梅伛偻着身体,喘息着,似乎走了很远的路才走到她这里。每次都是这样,一副絮絮叨叨、弱不禁风的模样,娜西皱着眉,努力压制着内心的烦躁。

作为这家小店的固定客户,五梅可谓尽心尽职,几乎每天都要来光顾一番。昨天,五梅来的时候,鸭蛋已经卖光了。这些养了一辈子母鸡的人临老都喜欢吃鸭蛋,因为鸭蛋比鸡蛋大,更重要的是"鸭蛋是清凉的,而鸡蛋是热性的,吃多了不好"——他们都这么说。娜西也相信鸭蛋是凉性的,鸭蛋比鸡蛋好。电话里,她也叫女儿吃鸭蛋,不要吃鸡蛋。

所以,在她店里鸭蛋是畅销品。

但今天送鸭蛋的人还没有来,刚才打电话去,对方说送货的人回老家了,要年后再送了。

"没有鸭蛋了。"

"怎么会没有鸭蛋呢?"

"送货的人回老家了,要明年再送了。"

"怎么会没有鸭蛋呢!"

五梅仍在东张西望,好像那些鸭蛋正被娜西藏在某个隐秘的货架上，掩人耳目。其实，装鸭蛋的白色塑料筐子就放在进门处最显眼的地方，里面早已空了，连鸭蛋的影子都没有。五梅不相信似的，半蹲着臃肿的身躯，将苍老的脑袋探进去瞅了又瞅，嘴里嘀咕着："怎么会没有鸭蛋呢，过年怎么好没有鸭蛋呢？"

娜西忍住了，没有吭声。除了鸭蛋，五梅很少买别的。每斤鸭蛋她只赚两毛钱，还不算损失费。娜西知道，五梅家里囤有许多鸭蛋，或许还能吃上半年。

没有找到鸭蛋，五梅便在门口竹椅上一屁股坐下。她摇着头，嘀咕不休，似乎在说这么一家店怎么会没有鸭蛋呢，她就是为了鸭蛋才来的呀。五梅的目光在一排排货架之间游移，那双因岁月流逝而变得皱巴巴的眼睛充满了警觉和不甘。

娜西比任何时候都讨厌这个女人。她知道五梅也讨厌她，从前是恨她，现在几乎是嫉妒她。当然，要五梅承认这一点比登天还难。现在，五梅的目光正被一些柿饼吸引，它们装在一个个方形的透明的盒子里，浸染着白色的粉末状的糖霜，给人一种凝固而流光溢彩的感觉。几天前，一个山里人给娜西送来这些柿饼，说要放在这里代销。山里人走后，娜西吃了一个。第二天，她便给女儿寄去一些。此刻，娜西不得不佩服五梅的眼光，她总能轻而易举地发现真正贵重的东西。五梅开始对着柿饼啧啧赞叹，说自己小时候吃的就是这种柿饼，她女儿小时候也是吃这种柿饼长大的，可现在连这样的柿饼都吃不到了。看着五梅义愤填膺的样子，娜西以为她会买下它们。五梅并不缺钱，谁都知道她很有钱，每月两千多的失土保险金已经领了快二十年了。这些钱放在这里任何一个人身上，都会让他（或她）改变更多，至少不会老是盯着鸭蛋瞧。

五梅的目光终于放过柿饼,去别处游荡了。

"年纪大了,甜食不能多吃,容易得糖尿病,要是得了糖尿病就什么也吃不成——不划算的。"

明明是不想花钱嘛,还说什么吃多了容易得糖尿病,一个农村妇女哪有那么容易得糖尿病呢。娜西撇撇嘴,暗自笑了。那瘦小的身材,皱巴巴的眼睛,模棱两可的神情,五梅好像一下子老了好几岁。

娜西以为她要走了,该看的都看过了,没买到鸭蛋的不甘和焦灼也已经过去。可五梅并没有走,她还站在那里,她已经不看货架上的东西——柿饼和鸭蛋统统看不见了。忽然,她腰板一挺,上前走了两步,又退回小半步,整个眼神显得空泛,刚才那种神气活现的神情消失了,好像有什么东西瞬间击中了她。

"听说樟树下的马贵祥,到你店里来过?"五梅的声音有些发颤,右脸颊的肌肉微微抽搐着,流露出某种与衰老的脸庞不相称的机警与痛苦。

那一刻,娜西什么都明白了,她也来自樟树下村,马贵祥还是她的堂哥。几年前,这个堂哥已成为传奇人物,附近村里的人都把钱拿去交给他保管,说比放保险箱还安全,本金牢靠,还有利息可拿。人们络绎不绝地跑去找他,请求他收下他们的钱,可他并不是所有人的钱都收。想必五梅也去找他了,本着一颗怜恤孤老的心,他会同意的。

"哦,几天前,他来我店里买过烟。"娜西淡淡地说。

那是一个冬雨淅沥的午后,空气阴冷而潮湿,娜西开着油

113

汀，靠在椅子上打盹。迷糊中，她感到有人掀开门帘进来，那个人没有走到敞开的货架前取东西，而是来到柜台前，轻轻敲了几下玻璃隔板。她睁开眼睛，那人叫她拿一包软壳中华。娜西听出了声音，他的模样变得太厉害，乍一眼并不能马上辨认出来，可她熟悉那个声音。她诧异地望着他，想说什么，却没来得及说出口。他只是笑了笑，快速闪过的表情有一丝尴尬，一丝不在乎，一边拆那包烟，一边往门外走。他走得太快，以至于当她掀开门帘张望时，马贵祥已经消失了。

回到店里，娜西才惊觉他连找的钱都没拿。从那天起，娜西就知道他早已不是原先那个马贵祥了。今天是除夕，不知道他又在哪里躲着，躲过了这一天，便是新的一年了。

娜西听到五梅的声音忽然变得尖锐，好像身体某个部位被什么东西狠狠地蜇了一下，那因疼痛而猛然扩张的声腔，战栗着，带动着那张皱缩变形的灰脸扭成一团，身体也跟着晃动起来，随时可能跌倒在地。娜西端坐在柜台前，像个局外人那样审视着这一切，脑子里却是各种汁液搅成一团，激流似的来回冲撞。

过了许久，娜西才意识到五梅已经离开了。

门外的鞭炮声远了又近了。那个阖家团聚的世界所发出的声响让她有置身事外的恍惚感。她熟悉其中的琐屑、争吵，一切的欢乐与烦愁。可今年和往年不同，没有人和她一起吃年夜饭，儿子、女儿都去了外地，他们要在一个她看不见的地方与一些她从未见过面的人度过新年。

如果不是多年未见的人忽然回到村子里，有些还是她儿子、女儿的小学同学——她还不会有那么强烈的感觉。那些人带来伴侣和小孩，来自城市的孩子马上和村里的孩童打成一片，他们大吼大叫，爬到大树的树杈上，往河水里扔鞭炮，在田野上奔来跑去，玩打仗和捉迷藏的游戏。

他们的到来给小村添增了喜庆和欢乐。还有那些外乡人，他们来自云贵高原，来自四川、内蒙古和东北，于夜里打烊前到她这里来，有些仅仅是来买一瓶红星二锅头，为了坐在她店门口将它们咕嘟嘟灌进肚子里，也为了第二天能连续工作十二个小时以上。夏天天气最热的时候，她给他们送去成箱成箱的啤酒。他们光着膀子，坐在闷热的工房门口，一个劲儿地往肚子里灌那种泛着白色泡沫的液体。如果没有酒，那些肤色深黝的异乡人怕是一天也活不下去。

和往年一样，今年也有很多人没有回家，自从来到这个生产橡胶制品和塑料制品的江南小镇，他们再也回不去了。

娜西再次想起小安，只有他从不喝酒——他喝的是饮料，矿泉水、雪碧、旺仔牛奶，但不喝酒。她的儿子也不喝酒，床头柜上放的是一瓶瓶可乐。娜西听说小安也在搞"博彩"，但并不清楚那是怎么回事，只知道在手机上就可以操作。她的儿子也玩这个，所以知道一点。有一次，娜西问儿子："这东西也能赚钱吗？"儿子马上警觉地望着她，好似什么"重大机密"被泄露了。儿子的任何事情都瞒着她，什么也不让她知道，只当她是"高级保姆"，不，连高级保姆都应该知道的事她也不知道。这个她怀胎十月生下的儿子如今已经三十二岁了，还经常和那些人混在一起，动不动就让自己"消失"，去异地外乡游荡。

但过年不在家这还是第一次。

一个小男孩忽然从门外横冲直撞进来,透明的软帘子拍打在他脸颊上。那是一张大花脸,棉衣上也沾染了许多污垢,大概刚刚在地上摸爬滚打过。他举着一张十元纸币,叫嚷着要买鞭炮,"就是那种摔在地上会响的——",他怕她不明白,做出"扔掷"的动作。她当然知道的,可她就像一个神经衰弱症患者,害怕听到任何刺激性的声响,而那种小盒子里就藏着无数这样的声响。果然,那孩子刚掀开门帘跑出去,她便听得"啪"的一声,尖锐、短促,原本悬垂着的心脏更是猛跳了一下。无数的"啪啪"声随即在门外响起。娜西惊魂未定,走到房子外面想要呵斥,只见刚才小男孩站立的地方只留下一地猩红的纸屑,人早已跑远了。

她抬头望了眼天空,天上某处正呈现一种清亮的蓝,几片薄纱似的云在上面飘拂着,随时可能被那蓝吸附进去。仅仅是一夜间,吹拂至脸庞的风忽然有了潮润的气息,门前那棵掉光了叶子的树正在酝酿某种变化,皲裂的树皮呈现返青的迹象。娜西好似进入微醺状态,暖烘烘、晕乎乎,困意袭来。就在昨天,天空还灰沉沉的,风直往骨头缝里钻,来到她店里的人都冷得直跺脚。

那日午后,一位自称来自田湾村的年轻人出现在小店里。那个村子建在深山老林之中,筑在悬崖峭壁之上,一年到头刮着风。只有八户人家的村子里却有寺庙,老爷殿,还有一座快要倒塌的家族宗祠。

娜西知道那里——她的丈夫去过那里,是为了修族谱才去的。当年,他们花了一整天时间穿过密林里的荆棘丛才抵达那里。回来说起山上生活的艰难以及野猪的猖狂,纷纷庆幸自己的祖先当年没有选择那里，否则，遭罪的人就是他们了。

娜西知道这些事情。这么多年过去，她依然没有忘记这些事情。大概是因为当年他们从山上下来后，忽然变得沉默寡言，好似遭遇了重大人生变故。当然，这种集体性的沉默没能维持多久，他们又像从前那样喝酒打牌，骂骂咧咧，甚至比上山之前还要放肆。直到有个男人的老婆在他们通宵玩牌时果断喝了农药，却没能抢救过来，他们这一群体的玩乐才告终。几年过去，当通往山顶的公路修通后，娜西和村里的妇女去那里采茶叶，割蒲草，摘野柿子。那里比山下任何村落都要破败，村里能走的都走掉了，只剩下老人和残疾人望着门外灰白色的水泥路发呆。

年轻人忽然说出一个名字，说那个人曾经欠他父亲三百块钱，今天……他便是来讨债的。年轻人嘴里吐出的名字把娜西吓了一跳。在这里，已经很多年没有人提及那个名字，她死去丈夫的名字俨然成为一件讳莫如深的东西，与溺水而亡的人、被暴雨和山洪掩埋的村舍以及某些年月里死于意外的异乡人，一起被嵌进时间深处。可这个年轻人毫不知情，依然将那个名字说了又说，他在提及它时神情平静，好像在说一个稀松平常的东西。

"我母亲说，你们家以前条件不好，就没好意思上门讨要。

"现在，外面都在传你们家阔了，再也不缺钱了。

"这次，也是母亲让我来的。几年前，她就想让我来……"

丈夫在世时从未提及过此事。三百块，丈夫借这三百块钱做什么？那个年代的山里人家怎么会有那么多钱？到底是什么情况下欠的钱？眼前这个年轻人一问三不知。当年的他怕还只是一个睡在襁褓里的小婴儿吧，自然什么也不知道。三百块……在今天当然不算什么,她可以很轻松地还掉,哪怕以十倍奉还。事实上,当那个年轻人站在她面前时,她就决定这么做了。

"不,我母亲说,欠多少就还多少,少一分不行,多一分不要。"年轻人的语气平淡而固执,好像在陈述某项迂腐而陈旧的家规。

本来,她只是想试探一下。现在,更没有理由不还那笔钱了,特别是当那个人再次说出丈夫的名字——它由一个年轻的、不谙世事的嘴唇倾吐而出,有一种说不出的心痛。

三张挺括而簇新的纸币躺在她的手掌心,其主打色系是红,色泽暧昧的红,没有任何一种红可与之相比,给人隐秘的欲望以及微茫的犯罪感。

"哎,现在你们下山可方便了,"她微笑着望向年轻人,脑海里却浮现出那个卖柿饼的山里人,"如果有吃不完的东西,还可以拿到下面来卖。"

年轻人点头,好似在等待她继续讲下去。

"还可以养鸡。放养的鸡,肉质好,我们都喜欢吃。

"山上空气也好,没有污染,种什么都好。"

她还想再说一些山上生活的好处,可实在想不出别的。年轻人望着她,望着玻璃柜台后面的某个地方,那种山上少年的眼神,专注而空洞地凝望某一处的模样,让她心头一颤。

"家里人都好吧?"

"都好。"

"你父亲身体还好吧?"

"我父亲……"说到这里,年轻人顿了顿,第一次流露出一种不可揆度的表情,"哦,他老人家已经过世了。"

"啊,什么时候的事?"她急声问道。

"三年前吧。"年轻人随口说道。

屋子外面再次传来鞭炮声,这一次是连续的爆响,好像有什么东西被连根拔起。

年轻人走后,娜西来到村衔上。一些穿花绿衣服的小孩聚集在晒谷场和学校操场上玩乐、奔跑,发出尖叫声。老人们坐在路边椅凳上发呆,他们表情僵硬好似在忍受着某种身体上的痛楚——但娜西知道那不过是他们惯于流露的,即使过年也无法被纠正过来。

太阳照在矮墙上,散发出陈旧而斑驳的光芒。矮墙那边,老樟树被厚重的绳索绑缚着,由一些木头支撑着,树身上还吊着盐水瓶子。娜西第一次知道树和人一样病了也需要挂盐水,觉得很诧异。现在,她只感到难受。显然,这株活了五百年的树自从被挪到三米之外的地方后,它只是活着,苟延残喘地活着。

她走过老樟树打算去敲那扇木门,但门敞开着,德叔坐在黑乎乎的餐桌前,背对着她。黑暗中的人听到响动,略抬了抬头,却没有回转身来。娜西感到自身行为的突兀,她不应该出现在这里,尤其是今天。

当年,她的丈夫就是和这个人一起去了山上。他们腊月初八出发,回到家已是除夕夜。他们丢下家里的大小事情跑到那里,只为了把那个村里所有男人和男孩的名字都恭恭敬敬、一字不漏地写进一个本子里。没想到,到那里的第二天便开始下雪,越下越大,积雪把人家的屋门顶住,屋子里的人出不去,外面的人也

119

进不来。

那年冬天,她怀着身孕,在山下望眼欲穿。天气太冷,泥土都被冻住了,河面也结了冰,她无法从河里取水,也无法将松枝和杂树枝点燃,一到烧饭时间整个灶台间青烟弥漫,呛得泪水长流。

屋子里,那个奇怪而含混不清的声音忽然响起,似乎在问她为何而来。因为处于半昏暗中,她几乎看不清那张脸。自从开店后,她感到人们看她的眼神都不一样了。在他们眼里,她赚了很多钱,比过去有钱多了。人们都不怎么喜欢比自己有钱的人,但此刻,她没有心思去理会这些。

"刚才,田湾村的人找上门来,说他爸当年欠他们三百块钱。

"是那户人家的小孩来的,但他什么都不知道……

"你知道是怎么回事吗?"

……

她等着那人的反应——他低垂着头,脑袋不安地转动着,好像有大滴大滴的汗珠正从他的发丛里往下掉。很快,她闻到一股酸腐的气味,浊重而刺鼻,很想夺路而逃。

从前,这几乎是村里最好的房子,有雕花门楣、格子花窗、鱼鳞似的瓦片,门前还有一口大水井。老婆喝农药死后,他的三个孩子像长了翅膀似的一个比一个飞得远。没过几年,这房子就成了村里最冷清、最凄惨的地方,也成了这世上最破败、最嘈杂的地方。窗外就是高速公路,南来北往的汽车呼啸而过,没有一分钟是安静的。眼前的男人身躯伛偻,眼窝塌陷,浑身散发出一股怪味道。娜西闻到了酒味,是她店里卖的那种最劣质的白酒气味。

"我们在那山上,待了……有大半个月,或许更久。我,我记不清了。下大雪。雪太大了。没停过。我们不是躺在床上睡觉,就是围在火炉前烤火。从窗口望出去,外面,全是白的。整座山,都变白了。无论白天,还是晚上,除了雪的声音,那个村子没有……别的声音。

"后来,我们……开始玩牌。时间过得快一点儿了,但还是难熬。夜里那种声音,你根本不知道那是……什么声音。主人说是野猪饿了出来找吃的,白天它们……根本不敢出来!

"我们在雪地里设陷阱。果然,那天夜里,我们再次听到那种声音,那声音……嗷嗷叫了一夜。第二天,宰杀的时候,我们才发现那头野猪……它的肚子里居然藏着十几头小猪。原来,那是一头怀孕的母猪,连主人也说,从来没有碰见过这种……怪事情。"

说到这里,男人似乎颤抖得更厉害了,酒液顺着嘴角淌出来。就在娜西以为他再也不能告诉她什么时,他又张开歪斜的嘴巴,举起酒杯,猛地灌了一大口,重新絮叨起来。

"你别问我……你老公怎么欠下那些钱的,我真的记不得了。那年冬天,我们一直在赌钱,而你老公总是输。一开始,我也输。后来,我就扳过来了。我记得,他没有吃野猪肉。无论我们怎么劝,他都不吃。他说,他说野猪的肉是酸的,又硬又酸,不好吃,可明明……那是世界上最好吃的猪肉!吃过的人都这么说。这么多年,我再也没有……没有吃过这么好吃的猪肉!

"我们赌钱,吃野猪肉。一天天过去。除了雪,除了猪肉,外面的世界,我们啥都不知道。啥都看不见。那是世界上最好吃,最最好吃的猪肉,只有吃过的人才知道。我不骗你。你……有吃过野猪肉吗?真的很好吃。"

他神情迟钝,开始无意识地、翻来覆去地说那些话,好似一个人跌跌撞撞地行走在雪地里,深一脚浅一脚,却怎么也走不出来。

当他们说话时,汽车的呼啸声汹涌而来,摇晃着这屋子里的檩木和椽木,屋架和斗拱——它们被那些声音震得歪掉了,随时可能散架,随着疾驶的汽车飞出去,正因为怀着对老人的庇护之意,暂时还没这么做。

娜西再次回到村街上,此起彼伏的鞭炮的震颤声从四面八方围拢而来,推搡着她回到那间堆满货物的小店里。此刻,那里成了她的庇护所,她在柜台前重新坐定,门外的声响更为密集和猛烈了。她什么也不怕了。某一刻,当她听着那声音,感到一种从未有过的时间流逝后的平静感。今天过去了,明天还会再来;今年过去了,还有明年。人活着一天,便有无数的日子等着她,像山上的石头、像高速公路上的汽车一样多的日子。

这天的傍晚时分,娜西打开抽屉,细数这一天来的"收成"。

这时候,那个叫丹丹的女人进来了。她站在门帘那边(还是早晨所站的位置)望着娜西,深褐色的眼睛里带着幽怨、不安、委屈,或许还有习惯性的恍惚。她告诉娜西自己去了哪些地方,人们如何好心招待她,又真诚地拒绝了她。他们告诉她今天不能借钱给她,等明年吧,他们让她明年再去借。她不能明白他们的做法,为什么要热情地招待她,又拒绝她。她耐心地向娜西讲述每户人家的情况,他们让她品尝美味的食物,还送她衣服,但没有人借钱给她。总之,这一年中的最后一天,她没有借到一分钱。

女人让娜西感到不对劲,但又说不上来是什么。女人那么单纯,把别人说的话都当成真的,她说没有办法借到钱,那就一定是没有办法了。娜西想起塑料厂的女工曾在她店里谈论讨这个女人,说她连饭菜都煮不熟,要不是因为找不到合适的人手,老板早就让她走人了。她们还说,这是一个古怪的女人,无论这一天发生过什么,第二天照例忘得一干二净。

这天夜里晚些时候,娜西在盘完账、关闭店门之前,再次想起这个外乡女人。她倒吸一口凉气,所有迹象表明那并不是一个智力正常的女人,只有这样的女人才会在这个日子里到处找人借钱,而不是像个真正的欠账者那样躲起来。

娜西没有守岁,午夜的鞭炮声响起之前她就躺下了。短暂的梦境里,丈夫又出现了。娜西质问他为什么把野猪肉送给五梅,丈夫告诉她因为那些野猪肉都变馊了,变得像石头一样硬了,根本就不能吃了,只能送给五梅这个丑婆娘了。娜西被丈夫的话逗笑了,她居然在梦里笑出了声!

不知过了多久,娜西被一阵手机铃声吵醒,老年机上赫然出现一条短信,就着屏幕的蓝光,她战战兢兢地读出那四个字:新,年,快,乐!她将那四个字又读了一遍,又一遍。一定是那四个字,除了它们,不可能是别的!她一阵狂喜,为自己能认出那几个字而高兴不已。她不知道这是谁发来的短信,知道她电话号码的除了儿子女儿外,便是那几个供货商。过去几年里,她和供货商之间合作默契，他们的反应让她觉得自己完全能胜任这份工作。

那一刻，娜西决定了，如果明天上午五梅再来买鸭蛋，她就把自己的那份送给她。她要告诉五梅鸭蛋怎么做才好吃，把自己的秘方毫无保留地传授给她。五梅会听她的。毕竟，这个村子一半以上的女人都想知道如何把司空见惯的食物做成旷世美味……没有人会拒绝这样的好事。

娜西已然相信自己可以做到这些。或许，她还可以做更多。

离开父亲的家

那年冬天,我决定搬出父母的家。母亲流着泪,让我一定要考虑清楚,这么做可对我没什么好处——我知道她指的是什么。朋友们听说后也惊诧不已,好像我是个瘸子,这辈子只配生活在父母亲人的庇护之下。

那几年,父亲的事业如日中天,他本人也被捧上天,身边之人无不夸赞他目光敏锐、踏实能干,是难得一见的商界奇才。一开始,父亲还忧心忡忡,担心水满则溢、月满则亏,凡大小事情都要亲自过问,不敢有丝毫懈怠;打从成为县长家的座上宾后,他的悲观和消极情绪一扫而光,有着从未有过的自信和干练,也可以说是自负和说一不二。他逢人就说:"我们赶上了好时代,放开手脚、卸下包袱,大胆干!饿死胆小的,撑死胆大的!"

人越多,他的嗓门越大,真是什么都敢说。私下里,连母亲也抱怨他不知从哪里学来的这些官腔官调,"大概和那些大官喝多了酒,以为自己也是个人物了"。

从前的父亲可不这样。有一回,镇上食品店的恶犬将我的小腿肚咬烂,鲜血直流。父亲带我去打狂犬疫苗,工作人员还让我打破伤风针,说那道口子实在太深,以防万一。他抱着我当场就哭了,还问打针的人我会不会死,却怎么也不敢找狗的主人兴师问罪。

如今的他,不仅要求在家族中树立绝对威望,在外面也是各种争强逞能,最好全世界的人都听他的,却对我们说的话一个字也听不进。这家里,唯一让他有所忌惮的人是他母亲——我的祖母,可她老人家已在两年前驾鹤西去了。

祖母临终前还特意嘱咐我:"无论他变成什么样子,总归是你爸啊。你要经常和他说话,说真话。他身边都是些什么人啊,不是骗子,就是马屁精。"但这些年,我和父亲讲话的机会越来越少,普普通通的父子交流变得格外艰难,总是说不上几句就掉转头去,或者干脆什么也不说。

一直以来,我把当一名中学地理老师作为平生志业,课堂上带领学生在祖国壮美的河山里尽情游弋既是我的工作,也是多年梦想。我们南至曾母暗沙,北到漠河,或者从东面的乌苏里江启程,经过中部的巫山山脉,直至西部的帕米尔高原。如果时间允许,我们还将远涉重洋,从北冰洋到南极大陆,从挪威的朗伊尔城到阿根廷的乌斯怀亚……短短四十分钟,我沉浸在远途跋涉的兴奋与艰险中,将周遭世界遗忘殆尽。

那时候,父亲总说,人都是要死的,一个人在死前真应该去看看外面的世界。他给我买的第一个玩具就是中国地图的拼图,大熊猫在四川,雪人在黑龙江,湖南有辣椒,新疆有葡萄,广西有香蕉。让我印象最深的是有人在冰河里捞鱼,现实生活中,我从没见过那么厚的冰,据说有一米多厚!

当年高考结束，在眼花缭乱的专业中，我最终选择了师范类院校的地理科学。一开始，父亲对我的选择甚是欣慰，认为我今后即使足不出户，也能遨游世界了。但他很快就不这么说了。他会在一天中的不同时间里说出自相矛盾的话，谁也不知哪句是真哪句是假。有一次，他醉酒后，居然冲着我大吼大叫："知道金星上的一天比地球上的一年还长有什么用？知道《少年派的奇幻漂流》里的主人公是顺着西风漂流到美洲又能怎样？还不是连房子的首付都付不起？"那时候，那部印度少年与孟加拉虎横渡南太平洋的电影正在全国各地轰轰烈烈地上映，父亲大概也去看了，他一向对这类冒险故事充满兴趣。

父亲大吼大叫的样子很像祖父。他老人家在世时，也常常在喝醉酒后大声骂人，骂村长，骂邻居，连女人和小孩也骂。酒醒后，又乖得像只猫。

离家之前，我找过父亲一次，本来我就没抱什么希望，也不期待一次谈话就能改变父子俩的命运。人的命运往往是被偶然的事物改变的。那时候，父亲已经有两个家，他和年轻女助理由同事关系顺利升级为情人关系，由此组建了当时颇为"时髦"的新家。一开始，他还遮遮掩掩，试图瞒住我母亲，最后干脆我行我素。很长一段时间里，他的身体在两个家之间来回移动，随心情好坏任意去留，惹得两个女人只能暗暗较劲，谁也不敢大动干戈。

那天下午，临近下班时分，我敲开父亲办公室的门。那是一幢巍峨的大楼，刚刚竣工不久，玻璃幕墙在阳光下熠熠生辉，让人想起神话里的水晶宫。父亲的办公室位于顶楼，视野开阔，能望见不远处的湿地公园。在我逗留期间,不断有白鹭从湿地上空翩跹而过,眼前闪过一道道白光,这很像梦里的场景。没想到父亲会把办公室安在这样的地方,这实在出乎我的意料。

显然,他对我的到来感到诧异,但又很好地掩饰过去。"说吧,找我什么事?我晚上还有个饭局,等会儿就走。"他神色平静,像个领导人那样坐在黑檀木办公桌前,居高临下地打量着对面矮沙发上的我,同时,手指有节奏地敲打着桌面,身体也跟着微微晃动起来。

我坐在那里,一股无名怒火不由往上蹿,他似乎察觉到什么,起身把办公室的门带上,对我点了点头,好像在说"现在,你可以开始了"。他大概以为我是来兴师问罪的,为了他的第二个家,母亲可没少在我面前哭闹。不可否认,那也是我的来访目的之一。

来之前,我想过说一些犀利的、让他难堪的话,如今的他可很少有机会听到这样的话了。但我忽然发现,当一个拥有大量财富的人坐在你面前,无论这个人是亲人还是陌生人,你都很难出言不逊。

我望着黑檀木桌面上行云流水般的木纹,想起很久以前,父亲对我说过这样的话——"好的城市布局也如行云流水般,只需看一眼地图就能感觉到"。后来每次拿到陌生城市的地图,父亲的话就像一把精确的钥匙,总能让我快速找到解决之道。我不得不佩服他的眼力和直觉,那是书本上也没有的知识,大概连学富五车的大学教授也未必说得出这样的话。那一刻,我忽然觉得眼前的父亲离曾经的那个"父亲"非常遥远,好像他们是毫不相干的两个人。

对父亲原本存在的怨恨和敌意陡然消散了。父亲再次向我投来那种眼神,这让我意识到自己该说点什么。"爸爸,我想离开家,搬到外面去住。"其实,来这里之前,我并没有完全下定决心,但面对父亲,我忽然这么说了。父亲似乎有些吃惊,但没有像从前那样对我指手画脚,告诉我正确的做法是什么。我发现,当屋子里只剩下我们父子俩时,他说话斟词酌句,显得格外谨慎。他甚至问了我母亲的情况,让我有空多陪陪她,"你自己最应该多陪陪她,而不是我"。——那一刻,我毫不犹豫地表达了对他始乱终弃行为的不满与愤怒,这可是他自找的。我原以为他会生气,没想到他只是苦笑着摇了摇头。

那次见面并没有让我们岌岌可危的父子关系变得更加糟糕,当然,也没能就此扭转。我离开时,父亲下楼陪我在湿地公园里走了走。许多年后,我的脑海里还留有我们父子俩黄昏时在公园里行走的场景。

那时候,父亲已经显示出明显发福的迹象,肚子圆润,脸也胖了一圈,但整个人的状态看着还好。那时的我,对他的健康状况自然一无所知。他问我这幢新的办公大楼怎么样,是不是很气派。"用不了几年,这里就会成为新的商业中心。到时候,房价和地价都会噌噌往上涨,那可是躺着都能赚钱啊。"他的商业嗅觉就像狗鼻子一样灵敏,知道卖什么东西可以赚钱,如何赚到更多的钱。从前,当他还是一名沿街叫卖的小贩时,便显示出了这方面的天赋。

但我天生对明码标价的东西缺乏兴趣,用母亲的话说,我的魂都被那些花花绿绿的地图册勾走了。不同类型和朝代的地图册，就像一座座充满幻觉的迷宫，不断召唤我进入其中。我总觉得每张地图深处都藏着秘密，那些符号、色彩和文字试图告诉我一些事情，但又没有完全告知我一切。收藏的地图越多，越对这个世界的基本形态感到茫然，它们有时自相矛盾，有时各自隐藏，有时又重复显示，总有一天，我要去地图上标注的地方亲自走上一遭。

湿地公园也像一座大迷宫。黄昏，我们在里面绕了老半天，眼前除了水杉、芦苇、红柳、黄菖蒲等亲水植物，便是大片蜿蜒的水域，根本找不到出口。而地图上明明显示，那是一个呈梯形的淡蓝色湖泊，除了下底略有不规则，地形并不算复杂。

父亲似乎很享受这样的漫步，他忘了我根本走不了那么长的路，我不是个擅长走路的人，躲在鞋子里的脚总在隐隐作痛。湿地公园位于城郊，周遭除了正在施工中的建筑工地，其余皆荒着，并没有像后来那样人满为患。父亲背着手，走在我前面几步远的地方，偶尔回头看我一眼，好似随时准备与我聊很重要的话题。我感到紧张，周遭如此僻静，连个人影都没有，是一个很适合情侣约会的地方……我和父亲怎么会来到这里。

我踌躇着跟在父亲后头，想起很多年前的夏夜，我由他领着去往数学老师家补习功课。学校前面有一大片荒草丛，空气中弥散着牛粪的气味，可能还有蛇。终于走到那座水泥桥上，听着哗啦响的水声，我很想丢下他掉头就跑……父亲希望我把算术学好，那是一个人出门远行前最应该学会的本领，而我一看到数字就头晕目眩。

不知不觉间，暮色降临在湿地公园上空，几只小赤麻鸭游出芦苇丛，发出嘎嘎的叫声。父亲回头望了我一眼，原地站了站，似乎等着我跟上。我闻到一股陌生的气味，清凉、干涩、苦，让人想到薄荷或青蒿的气味。我愣怔着。记忆中父亲身上的气味总是温暖、干燥，带着一股淡淡的烟草香。我感到困惑，熟悉的父亲去了哪里？

"几天前，你叔叔打我电话，说要回老家村里养鸭子。"父亲的声音从我耳边传来，却像是来自很远的地方。我站在那里，听父亲用那种淡淡的语气诉说叔叔的种种乖张事，比如拒绝父亲提供的安逸工作，偏要沿街售卖一种据说可以治疗跌打损伤的中草药，可根本无人问津。

"他这个人很固执的，谁的话都听不进，真是没救了。"父亲抱怨道。

"我知道——"父亲的语气让我感到不悦。家族中，但凡沾亲带故的都在父亲的安排或帮助下，过上了富足的、按部就班的生活，只有这个叔叔的处境一团糟，弄得妻离子散不说，还经常吃了这顿没下顿。即便如此，他也不肯接受任何一个不称心的工作，不想做保安，不想当快递员，连仓库保管员也不愿意做，所有充满约束的事他都干不了几天……难道就因为如此，父亲便有权对他指手画脚？听说他要回去养鸭子，我倒没有感到多少意外。

"可你叔叔看着好像比谁都快活，他还说，要把老家的房子翻修一下，以后就住在那里养老了。其实，那房子的格局相当不错，依山傍河，风景很好。"父亲忽然话锋一转，好似一下子理解了叔叔的人生选择,并对那种随心所欲的生活充满羡慕。

"你的意思是你也想这么做?回村里养老?"我用那种眼神望着他,有点不敢相信这是他的真实心声。

父亲愣怔片刻,果断地摇头:"不,不,不,我怎么能这样呢?有那么多人跟着我干,都上有老下有小的……我怎么能抛下他们去享受人生呢?"他加重了"享受"两个字的音量,似乎那是很让人不齿的事。

我心里笑父亲的自以为是。在这世界上,哪个人的存在又是不可取代的?他们在他这里找不到工作,自然会去别处找,他怎么能把自己当救世主,这世上哪有什么救世主啊。

那次,我去找父亲其实是为了要一笔钱。我以为,当他得知我离家另住后,肯定会给我钱。亲戚们都说他有很多钱,几辈子也花不光的钱(后来我才知道那都是传言,彼时父亲的财务状况已经漏洞百出了),如果我能继承父亲的钱,哪怕只是其中的小部分,想来我的生活也会大有改观。但父亲始终没有提钱的事,他甚至对我离家另住这件事也没发表什么意见,他只说了一句:"在这个世上,你始终要知道自己在做什么。"——好像,他很知道自己在做什么似的。那一刻,我倒想问问他,难道建立第二个家也是他深思熟虑的结果?他们都说,他把所有的钱都交给那个女人保管,他对她的信任早已超过任何人。看来他们说的没错。

众所周知,父亲对我的吝啬是出了名的。他早就说过这样的话,如果我愿意跟着他,继承他的衣钵,他会把钱交给我管理。如果我仅仅想花他的钱,却不愿尽一点点责任,那是办不到的。

没想到父亲如此不近人情。其实,我应该想到的。父亲的做法不能说有什么错,我只是对自己感到失望,居然想要不劳而获,幻想着走捷径。

离开父亲的家自然没能让我过上快乐无忧的生活,甚至连想象中的安宁也没得到。我焦虑不堪,对自己的前途感到担忧,除非我把地理老师这个职业永远做下去。显然,我不甘心这样。那时候,我开始在网上找人聊天,男孩女孩都聊,很多人聊着聊着就不见了。只有一个叫贝雷的女孩始终在线。每次发信息给她,她总能在几秒之内回我,深夜也不例外。

"你是做什么工作的?"有一次,我忍不住问她。

"什么也不做啊。玩呗,瞎蹦跶呗。"我似乎看见网络那头,一个女孩玩世不恭的表情。说实在的,我很羡慕这样的人,他们总是轻轻松松地活着,不费吹灰之力就能获得想要的一切。

我很想问她那些钱是怎么来的——我知道她玩得可不少,去林子里泡温泉,去冰河上抓鱼,还有让身体离开地面的滑雪运动。我想象自己的脚藏在滑雪鞋里,在白色世界中划出美妙动人的弧线,真是太刺激了。

鸟兽虫鱼,天文地理,明星八卦……我们什么都聊,但很少涉及个人隐私。她不是那种烦人的女孩,只有当我表现出足够的聆听的兴趣时,她才滔滔不绝。听她说话是种享受,让我想起北方春天的大河,清凌凌的河水带着碎冰碴儿欢快地流淌着,一泻千里。我从来没有见过这种类型的女生,即便说话带脏字,也不让人觉得粗俗,比那些表面上文质彬彬、内心却庸俗不堪的女孩可爱多了。

课堂上,每当我对着地图册发呆,脑海里那模糊、欢乐的身影便一点点跳将出来向我招手。潜意识里，我将她想象成一个高个、短发、瘦脸的女孩，穿着羊羔皮的黑色大衣，在北方寒冷的大街上走来走去，或许嘴里还叼着烟卷。

地图册上根本找不到那座小城，连个小圆点也没留下，但有一条著名的大江流过那里，当我用手指抚过那条蓝色江河，似乎把那座结满冰霜的小城也顺便捋了一遍。我想着雾凇、流凌、冰泡，想着白桦林、冰层下的游鱼以及松林中的室外温泉，好似想象另一个世界。

事实上，我的双脚从未踏足过北纬34°以北的地方。这些年，赤脚医生对母亲说的话就像魔咒，总在我得意忘形的时候出现——"你的孩子将来不能走远路"。大三的课外实践课上，学校安排了十几处野外实习点，包括天然流纹岩山脉、湿地公园以及野生动物园。地理系同年级的人都在，浩浩荡荡的队伍中，我被一个外省女孩吸引，她小鹿一样的身影总是冲在人群最前头，我不得不跟着队伍连走五六天，从此落下骨关节炎的病根儿，每逢阴雨天便隐隐作痛。即使关系最亲密的朋友也不知道我长着一双天然病足，它们缺少那张自然的"弓"，这成了我的软肋和心病。

我在网上刷到一条消息，有个出生于索马里的非洲黑人，也是个平底足患者，居然得了两届奥运会长跑冠军。我把它转发给网上的女孩。"什么，脚是平的？像一块木板？天哪，还有这样的脚，我可从来没见过。"女孩的无知以及谈论这件事的语气，让我很不是滋味。但我什么也没说。这种事情看是看不出来的，我看着比谁都正常，并没有他们说的八字步态，可一旦走久了，便原形毕露。

　　出远门的念头忽然变得强烈,到了一发而不可收的地步。我决定一放寒假就走,为了防止反悔,我提前买好火车票,软卧,要坐两天一夜。诸事定下后,我每天沿护城河散步,从黄昏夜幕降临一直走到华灯初上。

　　彼时,父亲的商业版图仍在不断拓展中,地盘越占越多,哪里有生意,哪里就有他的身影。我一直搞不清楚他到底经营什么,一开始,他卖茶叶和农产品,后来又开始加工起汽车零配件,最近他们说他还做药品销售代理,包括时下很难买到的一种治疗心血管疾病的新药和抗肿瘤药,他都能搞到。

　　母亲因为我的离开伤心透顶,很少和我联系。好几次,我打她电话都没通。她约了人打麻将,手机开静音,通常听不见。她问我什么时候结婚,如果选定了日子,千万别忘了通知她。反正她会为我张罗的。我竭力否认有这回事,我越是否认得干净,她越是怀疑。但她笑着说,这是好事,别不好意思啊。她以为我和父亲没什么区别,肯定也是为了某个女人才把她一个人孤零零地丢在家里。

　　我没有和母亲说远行的事。那天早晨,我在租住的小区门口拦到一辆出租车,直接去了火车站。当火车启动,站台两边的景物慢慢加速后退时,我才意识到自己已经在路上,就像风中射出的响箭,再也无法回头了。

　　我躺在狭窄而平整的卧铺床上,火车在锃亮的铁轨上飞驰,好像不费吹灰之力就能跑那么快,并将一直跑下去。有时候,我又觉得疾驰的分明是窗外的景物,而我和火车谁都没动。没人知道我在火车上,连女孩也不知道。她的地址还是我在聊天时以一种巧妙的方式得到的,反正我是地理老师嘛,总有办法的。可惜,那时候的智能手机还没有像后来那样普及,不然我在火车上还能和她聊天,而不让她察觉到丝毫端倪。我不知道自己为什么要这么做,好像我的远行真的与她无关,它另有目的,还未显山露水而已。

到了晚上,窗外的景物消失在夜幕中,耳边只剩下铁轨与车厢的撞击声,寒冷、单调,就像躺在荒野里。上中学那会儿,父亲经常坐这样的火车出门,没钱买卧铺票,就坐着对付一夜。有一次睡着时,他的钱包被人偷了,所幸他在裤子的暗袋里还缝了些零钱。从那以后,父亲总是喋喋不休地教育我,一定不要把所有钱都放在钱包里。后来,我在不同场合里聆听到风控专家的话,"不要把所有鸡蛋放在一个篮子里",说的也是同一个道理。但对这种显而易见的东西,我总是听不进,更不认为有一天会与自己扯上关系。

火车行驶在黑黢黢的平原上,就像穿行在无尽的时空隧道里,我感到自己的身体好似被一架看不见的马车护送着,一路穿过山峦、湖泊、湿地、旷野……茫茫然不知所终。我无法想象,如果女孩知道我的举止,会做出何种反应。或许,惊骇之下,会把聊天软件直接卸了。

我承认火车开出后不久,我便后悔了。车厢里充满难以忍受的异味,陌生人的身体像个巨大的风箱,不断制造出噪音;也有人缩成一团,就像一件缄默不语的行李,不发出任何声音。到了夜里,荒野的气息渗透进来,露水、岩石、陌生动物的体味……

到处都是风,风刮着铁皮盒子,在天地之间呜咽。没想到旅途中的夜晚如此凄凉,毫无想象中的欢乐与激动人心。

两天后的傍晚时分,火车停靠在一个寒风呼啸的站台上,走出车厢的那一刻,我的脸像是被什么东西割了一下,一阵火辣辣的疼在裸露的皮肤表面瞬间炸裂开来。我未来得及细想,便被人流冲到大街上,周遭所有人都裹得严严实实,提线木偶一般行走着。我缩着脖子穿过十字路口和灌满风的街道,来到一家叫"顺意"的旅店门口。几道窸窣作响的门帘后面藏着一个迥然不同的世界,里面的空气好似被置换过,闷热、浑浊、干燥,带着与世隔绝的气息。一名五十岁左右的男性坐在那张台子后面,正低头玩手机,稀疏的头发挂在耳际,让刚从寒风中出来的人感到一阵莫名的凉意。他停下咀嚼的动作——但我并没看见他在吃什么,眼前也无任何食物的踪影——瞥了我一眼,对我的到来似乎有些吃惊。我询问着价格以及入住事宜,他用喑哑的声音一一作了答。他只穿一件带条纹的咖色羊毛衫,还是鸡心领的,露出满是皱褶的脖子。我不慌不忙地交完了钱、领了房卡,准备安顿下来再说。

此次出门,我常有种感觉不时拂上心头,似乎父亲正在某处一声不响地看着我。一路上,我不断受此鼓舞,就像小时候考了很好的分数从学校回来,期待着来自父亲的表扬。

出门前,我和父亲在新开业的万达广场匆匆见了次面。他要赶去省城参加一场经贸洽谈会,完事后,再马不停蹄地赶回来——公司正在上一个新项目,人手不够。父亲的忙碌与踌躇满志曾让我感到羞愧,但现在,我不再这么想了。

旅途的疲惫让我很快睡着了。第二天一早，吃过早饭，询问前台那男人如何去往女孩所在的惠县。他放下手机，用那种好奇的、探询的目光看了我好一会儿，似乎在掂量着什么。随后，男人告诉我，城里的汽车站正在扩建，临时站点离这里远，去惠县很不方便。"我有个朋友是做这种生意的，可以让他来接你，多给他几块钱油钱就行，你看着给。"

"这可不能看着给吧，总得有个价格吧。"我暗自嘀咕着，心里却有些发颤，不敢多想。

"也就一两百块吧。我马上问他，你要不要坐？"男人瞥了我一眼，淡淡地说。

"从这里过去要多久？我想着是不是可以打个车过去……"我犹豫着，有些下不了决心。

男人忽然夺过话头，不耐烦地说："你一个大男人，这么磨磨唧唧的，不就坐个车吗？把你送到目的地不就行了呀。"

"可我总应该问问清楚吧。"我咕哝着，心里有些委屈，但被他这么一顿抢白，原本有的那点顾虑无缘由地消散了。

男人没吭声，低头在手机上翻找着，又将它贴在脸上，和里面的人用方言快速交谈了几句。"帮你问过了，一百块钱，一会儿来接你。"他向我摆了摆手，似乎不容我再思虑下去。

半小时后，一辆白色中巴车停在旅店门口，一个男人跨出车门一把将我的行李拎了上去，还未来得及看清那人的长相，车门就被关上了。我坐在前排三连座的中间位置，右边靠过道的位置坐着帮我拎行李的人，临窗户那边坐着另一个男人。我很难描述他们的长相，只能说这两人都没有明显的外貌特征，过目即忘。

硬要分辨的话，左边那人似乎温和些，右边帮我拎行李的那个则有些气呼呼的，不知是谁招惹了他。我夹在这俩人的中间，像个人质。一开始，我并未察觉任何异样，反正车子行驶在闹市区，不断有人下去和上来，再加上车厢里暖气充足，熏得人昏昏欲睡，我很快就睡着了。醒来时，我发现已身在郊外，成排的、一闪而过的光秃秃的树木取代楼房在车窗外飞掠而过，北方平原特有的沙丘与洼地相间的风沙地貌次第出现。惠县周边的山脉分布与河流走向在我脑海里一点点浮现，"好像并不是去往那里啊"，我心里一激灵，瞬间惊醒了。他们在用家乡话聊天，声音很轻，好像说着久远以前的事。很多年前，赤脚医生在散发着药味的诊所里也是用这种口吻与我母亲说话，"你的孩子将来不能走远路"。他语气随意，就像谈论当日的天气。我早已忘了母亲的反应——我知道她只对近在眼前的事情感到焦虑，但那句话就此嵌入我的心底，就像钉子钉进板壁里，在里面生锈、腐蚀，再也没能拔出来。即便后来医生治死了一个发烧的女人，赔了很多钱，并被剥夺行医资格，它还在那里起作用。

直觉告诉我这辆车并不开往惠县，它走的是另一条路，极有可能"南辕北辙"……他们是谁？为什么这么做？我闭上眼睛，后背一阵发凉，不用回头，我也知道后面的座位已经空了。车子开得飞快，似乎越来越快，随时可能脱离地面而去。或许，整个车厢除了我们三个，就剩下戴瓜皮帽的司机师傅了。上车后，我一直盯着他的后脑勺，想要看到他的正脸，但他始终没有回头。那些离奇失踪案的始末像打碎了的纸浆在脑海里翻腾，不行，我得找个理由下车。但我不得不双眼紧闭，假装还处于熟睡之中。

车子艰难地爬上一段土坡，再跌跌撞撞地下来，车身晃得厉害，我趁势睁开眼睛，迷糊着问："这是到哪儿了啊？能不能停车方便一下，好像吃坏肚子了。"说完这些，我在座位上扭动身体，并以双手捂住肚子，装出一副难以忍受的样子。一开始，谁也没有说话，直到我将身子缩成一团，轻声呻吟着，有个声音才说："要不要让他下去方便一下。"那一刻，我的眼泪夺眶而出，好似看到曙光乍现。我不能让他们有任何防备，更不能将行李拎下车，甚至那个随身携带的背包也得留在车上，只有这样，我才可能脱身。

终于，他们把车子停在一个简陋的公共厕所前，车门打开，耳边响起一个声音，"快去快回"。我捂着肚子，下了车，一路狂奔。我没有进男厕，而是跑进旁边的女厕，里面一个老阿姨正在打扫卫生，看到我，差点喊出声来。我双膝一软，几乎要跌坐在湿漉漉的瓷砖地上。我颤抖着告诉她，那辆停在马路边的车子很可能是黑车，里面有两个男人要绑架我，把我弄到山里去。我哭着向她求救，问她该怎么办。她让我别出声，快躲到蹲坑里，把门关上。她拎着水桶去了门口。稍后，拖把与地面接触发出的嚓嚓声照常响起。我蹲在地上，一动不动，生怕弄出什么声响来。我抬头寻找窗户，可连一个通风口都没找到。如果他们硬闯进来，将我前面的门板一脚踢开，抓着我的后脖颈往外推，我肯定不是对手。我唯一的机会是跑。等出了门，趁他们不备，一定要使出浑身力气摆脱他们，哪怕希望渺茫也要这么做。如此想着，身体不觉进入高度紧张状态，牙齿咬得咯吱响，忘记了寒冷。不知过了多久，阿姨走过来对我说："你出来吧，他们走掉了。"

"刚才,他们从车上下来,去男厕所里找了一圈。问我有没有看见你,我说你沿着村子的方向跑了。"

"那他们……去哪里了?"那一刻,我听见身体里的咯吱声戛然而止。

"走了,汽车往村子的方向开走了……"她指了指面前那条铺满碎石的机耕路,继续摆弄着手中的拖把。

后来,我经常想起这名救了我命的阿姨,她脸上流露出那种平淡的、不动声色的表情,好像我根本没遇到什么险境,自己所做的一切更是不值一提。当时,我连一声谢谢都没说,拔腿就跑——脑子里只剩一个"跑"字,只要一直跑下去,跑到没人的地方躲起来,便胜利在望。

我离开大路,跑进封冻的麦田,在狭窄的田埂上跑,一脚跌进坑洞里,又从里面跌跌撞撞地爬出来。我一路飞奔,跑过废弃的水房、柴草垛,跑过一座摇摇晃晃的木桥,来到后山上。我不知道前方是什么,我像瞎子一样往密林深处跑去,像聋子那样在荆棘丛中横冲直撞,直至双手抱胸,瘫坐在地上。树木和云彩从四面八方涌来,在我头上汇聚。唯一的念头便是缩在那树底下,或藏进某个洞穴里,千万不要被人发现,好像那些追赶我的人已由地面跑到天上,此刻正在某处云层后面搜寻我的踪迹。

风在灰褐色树皮表面游荡,发出细若游丝的声响。我闭上眼睛,倚靠在那块山石上,时间过去很久,什么事情也没发生。我知道他们走远了,再也不会追来了。但我还坐在那里,茫然地打量着这个万物空旷、草木寥落的世界,像从一个巨大的噩梦中醒来,不能动弹。

141

我的思绪开始缓慢地流淌，回想一路走来发生的事，脑海里竟浮现出父亲的身影。所有家人中，如果有谁能理解我此刻的处境，那只能是父亲。他或许也经历过这样的事，此刻，我多么希望能给他打电话，听听他的声音，可我的手机还在那辆车上。后来，我才知道，即使给他打电话，他也接不到了。那时候的他，已经什么电话也接不到了。我们父子俩几乎在同一天里经历了命运残酷的考验，我很快走出困境，而父亲就没那么幸运了。他倒在离酒店不远的小巷里，离那家通宵营业的无疾大药房不足百米。好心的路人拨打了急救电话，救护车很快赶到。

父亲没有在洽谈会结束后如期离开省城，他在酒店里又住了三天。母亲在麻将桌上接到急救中心打来的电话，一开始还以为是骗局，直到他们提及可怕的病症——脑卒中，这也是她的公公，我祖父的唯一死因。放下电话的那一刻，母亲第一个想到的人是我叔叔——正在老家饲养鸭子的边缘人，物质世界的落魄者，他们一起打车去了省城。在闹哄哄的急诊室里，母亲见到一个浑身赤裸的男人身上插满管子，脑袋肿得像个猪头，嘴巴在氧气面罩里艰难地一呼一吸。她不敢相信眼前这个人就是我父亲。在叔叔的催促下，母亲不情愿地在病危通知单上签了字。经过六个多小时的急救手术，他们把父亲脑子里的血块悉数取出，却无法阻止最坏的结局——术后大出血的发生。手术室外面，母亲给我打了无数通电话，但我一个也没接到。成功脱险后，我发现自己的手机还留在奔驰的中巴车上，大概已被卸掉电池，删除数据，即将改头换面进入二手物品交易市场。这让我错失了与父亲见面的最后机会。

记忆中,我和父亲在万达广场茶餐厅里的那次相见极为仓促。俩人似乎都有很多话要说,但那种环境实在无法进行任何深入有效的交流。我和父亲说我要出一趟远门,马上就走。他显得很兴奋,好像这么多年来,这是他从我身上获得的唯一的好消息,比我当年考上大学还让他高兴。毕竟,我读的大学就在家门口,离家不足一百公里,算不上真正的出远门。那次,我甚至听出了某种言外之意,要是我能变得更好、更勇敢,假以时日,他或许会把家族财富的经营权转让给我。

如果父亲知道我那次远行,仅仅为了一个认识不久的陌生女人,并且差点面临无妄之灾,不知该作何感想。但我知道他才不会管那么多,只要我能放下手中地图,走出教室,走进熙熙攘攘的人群中,他就心满意足了。父亲将我身患脚疾之事遗忘殆尽,我不知道他是否故意为之——似乎,那根本不值一提,这么多年,我竟囿于此,全是自寻烦恼。

那次,在食客喧嚷的人声中,父亲仍在兴致勃勃地谈论他的创业计划,好像他的脑子里全是那些东西,三天三夜也讲不完。我除了不住地点头,完全插不上嘴。他打算去一个叫仰天山的地方种植长白山人参,不采用任何人工保温和防晒措施,也不使用肥料,从生长、开花到结籽,全是野生的环境。"好像这些人参全是自己长出来的,没有一点人为干预的因素……我们要做的就是让社会上的人来基地参观考察,知道传说中的补品长什么样。"我不得不佩服父亲与生俱来的商业天赋,好像他永远知道人们对什么感兴趣,最需要什么,却忽视了自身身体的需求。

用母亲的话说,如果他随身携带那种治疗心血管疾病的药物，而不是临时外出买药，就不会发生躺倒在异乡街头的惨事了。作为一名日进斗金的药品代理商，他对它们的了解远远超过一般人。

那一刻，我当然不可能知道另一时空场景里发生的事，包括父亲留给我的那处房产。很多年前，他便用我的名义购买了它。他们整理遗物时发现了那本房产证，它的主人是我——只写着我一个人的名字。而母亲和年轻女人，为着父亲所剩无几的遗产和一些无法理清的债务，陷入长达多年的法律纠纷中。

晴朗的周末午后，叔叔陪我去看那套房子。它位于某座风景优美的岛屿上，产权证上的面积有四百多平方米。我心里有些激动，没想到父亲不声不响地为我置办了如此奢华的居所，一路上，我默默吟诵着海子的《面朝大海，春暖花开》，脑海里《蓝色多瑙河》的旋律适时出现，父亲叵测的笑容也夹杂其中。我惊讶自己在经历那么多困厄后，还能拥有如此明亮的心绪……一切都与神秘的房子有关。

那是一座仿若迷宫的新中式花园庭院，门房里坐着一个沉默的老头，我们从他窗外走过时，他只抬头狐疑地望了我们一眼，便放我们进去了。没想到小区内部古木参天，枝丫交错，幽深宛如密林，树枝缝隙间露出的白色墙面上布满水渍和青苔，显得斑驳陆离。毫无遮挡的玻璃窗反射着阳光，就像密林深处的眼睛不动声色地望着我们。

父亲为我购置的房产位于小区西面，那里有一片坡地，还有一条人工河，河面上挤满绿色的荷叶，春天刚来不久，这里已是一片密不透风的光景。打开房门，一股浓烈的潮腥气扑鼻而来。

更让我吃惊的是，这屋里居然有个长方形天井，足有三十多平方米。阳光像大瀑布一样垂下，尘灰和雨水也不断光顾此地，天井里长满绿色植物，除了爬藤类，还有构树、美洲商陆、蒲公英等，俨然一座微型的植物园。楼顶上也好不到哪里去，墙粉剥落，到处都是爬行的水迹和隐约的裂隙，植物的种子顺着裂隙见缝插针地生长，过去几年里已然形成规模。堵塞的下水道里塞满枯枝败叶，泛滥的雨水便在楼顶到处肆虐，低洼有水处渐渐成为种子花粉的落脚地，更加剧了疯长的态势。

叔叔惊叹道："从没见过这么荒凉的房子。可它看上去又那么特别，和别的房子都不一样。"他指着那些白色的、似有若无的院墙，好像它们不是建筑物的分割或阻隔，而是融合，随时可能消失。

没想到父亲留给我的竟是这么座破房子，还未入住，就已衰败成这样。可当初，这房子刚建成那会儿，在媒体的大肆宣传下，众人趋之若鹜，无不以拥有它为身份地位的象征。互联网上还能找到关于它的宣传语："淡雅恬静的中式院落，黑瓦白墙，线条简净、利落。花园景观尤可称道，流水为脉，树木为骨，园中叠水镶嵌于浅草叠石间，灰白对比，虚实相衬，最是理想中的归隐地。"

难道父亲要我归隐于此？还是说，这只是他为自己准备的归宿地，为了避免无谓纠纷，只写了我一个人的名字？我实在弄不懂父亲的想法。

"你还不知道吧，当年造这房子的老板，都住到监狱里去了。"叔叔用那种略显嘲弄的语气说着整件事的来龙去脉，包括

145

那人当初如何攻城略地，打下万里江山，不出几年，又如何胆大妄为，平台融资失败，债务滚雪球般越滚越大，又去借了巨额高利贷，摧枯拉朽，发得快，败得更快。

对这种一夜暴富、迅速破产的人生，我当年在父母家就已目睹过，那时候并不觉得有什么惊异之处，可如今对比父亲的遭遇，不由悲从中来。

"他们这些人可真了不起……你爸爸也很了不起，做了别人一辈子也做不到的事。"真没想到叔叔会这么说，他语气平淡，神情自如，并不像是为了讨好我。

我点点头，母亲的话再次回荡在耳边："像你父亲这样的成功人士，最终还不是一个人孤零零地躺在急诊室里，身上插满管子。"她说那话时早已放下对父亲的怨怼，相信一个女人一旦到了无可丧失的那一天，便能过上平静自足的生活。

我有一种来到另一世界的恍惚感。这时，叔叔快速瞥了我一眼，忽然问道："你的脚没事了吧？"我心头一颤，感到某个隐藏已久的秘密早已不是秘密——它什么也不是了。我不住地点头，好像是对某件重大事情的确认："如果你不问我，我都快忘了这档子事了。"听到这话，叔叔脸上头一次露出宽慰的笑。

我想起网上的女孩，想起那些不堪回首的日夜。出发前，我在网上收集过生存指南，避免露宿街头的唯一办法便是找一份临时工作，没有任何门槛的体力活，最好是日结工。那种机器需要双脚不停地踩踏才能运转起来，我没日没夜地疯踩，就像在跑步机上快走，一旦停下就会被迅速移动的跑带抛到轨道之外。但我没有拿到一分钱，除了一小袋方便面和一张皱巴巴的绿皮车厢的车票，什么都没有。回来后，我把所有的地图册都烧了，整整烧了两节课时间。我以为自己会后悔，就像当年搬离父母的家，母亲对我说"你不要后悔"——我当然不会。

那个春天的午后，我和叔叔待在父亲留给我的房子里，周遭很安静，没有人声，偶尔从小树林那边传来几声悠长的鸟鸣。我们站在屋顶平台上，一会儿看着凌乱的杂草，一会儿望向天空，表情茫然，似乎很难相信自己居然置身于一个如此荒败的空间里。要是父亲知道自己倾力置下的房产竟落到如此地步，根本无法出售和置换，不知作何感想。我想，他还是会买下它，只为了有一天让我来到这里，看着这一切。

逐流水

她决定去一趟 G 城，离家一千五百公里，坐高铁需要八个半小时，比首都还远。她去过那儿三次，第一次是与母亲同行——那是母亲生平第一次乘飞机，见证了飞机从滑翔、升空、云端平缓飞行到降落的全过程。

她不知母亲在医院的最后时光是否会想起那次空中航行。

三年前，她们去那里旅行，沿街看到某房产公司的广告，怦然心动。那个房子靠近一条著名江河的中下游，此前它奔腾数千公里，沿途跨越不同省份，经历激流险滩、浊浪排空，流到此处已是一副安详、幽静的模样。G 城被群山环抱，站在房子的阳台上既可眺望江水，也能平视远山。山水之间，地形开阔，有高低错落之美，宛如一幅缓缓打开的古代山水卷轴。

如果以后住到那里，晚饭后去江边走走倒是不错。在那样一个没有任何亲友的地方生活大概也是很特别的体验吧。不知为什么，无论是河边散步，还是居室独处，她的脑海里都没有母亲的身影。母亲那边大概也是如此吧。即使在平稳的婚姻生活中，母亲也经常口出狂语，说自己总有一天是要离家出走的，等她和妹妹长大了，就这么做。但母亲又否认要与父亲离婚，好像离家出走与离婚没什么关系，她只是厌倦了一种生活，就像鱼类在水底潜伏久了，需要浮出水面透透气。

那次，在G城，母亲加了售楼小姐的微信，并带回厚厚一沓楼盘资料及户型图。她跟母亲说，如果以后真的想去，租房或住酒店都可以；多占一处房产，多一个麻烦；毛坯房又不能出租；地处偏僻，增值空间极为有限。总之，她列举各种弊端，想让母亲死心。

她不知道后来发生了什么，让母亲做出那个决定。那还是旅行归来，三四个月后，母亲给她打电话，请她帮忙办手续。母亲好像铁了心，她的理由是，拥有一间独属于自己的房子是多年梦想，恰好它的价格又是自己可以承受的，为什么要放弃呢？

"没错，它很便宜，可越是便宜货，越容易砸在手里。"她叫嚷着。

"我不管，反正这些钱都是我自己赚来的。"母亲赌气地说。

"你又不会真的去住！"她冲母亲吼道。

"谁说我不会去住，就是为了以后要住才买的呀。"母亲振振有词。

"那么远，你真的打算一个人去住？"

"当然是一个人住。我早就想一个人住一阵了。如果哪天习惯了，就真的一个人住算了。"

面对母亲的固执，她气急败坏，又无可奈何。那一刻，她完全忘了那条河，谁也没有提及它，似乎那并不存在。父亲对此更是一无所知，他不知道母亲要买房子，更不知她筹备着有一天离开这个家。即使他知晓这些，大概也只会嘿嘿一笑："你妈要是想离开我，早就离开一百次了。"他总是这么说。那时候，父亲刚刚退休，天天找各种小鱼塘钓鱼，家中大小事情一概不管。

她加了房产销售的微信，姑娘姓卢，倒不像别的销售那么急功近利，没有催促她快快签字，还说如果仅仅是投资，并不建议买——这也是她的想法。这让她对女孩不由多了几分信任和好感。

母亲去世后，她给小卢发微信，请她帮忙找个中介挂一下。小卢劝她别卖，等边上的产业起来后，或许会好一些。可她不想再等。就在三天前，小卢忽然联系她，说有人看中那房子，只是价格方面，能不能再商议一下。

那时，她准备去登四姑娘山，团队和微信群也已组建好，有人提前一个星期去了那里。她已经两年多没出门了，疫情和母亲的事缚住了她的手脚。她甚至觉得自己这辈子再也不会出远门了。可母亲的丧事一过，她就想出去。最终，她决定带装备去，如果事情进展顺利，可直接飞过去。除了炊具，她把能带的都带上了，冲锋衣裤、抓绒衣、羽绒服、排汗内衣、快干衣裤，还有帐篷、睡袋、防潮垫，一应俱全。

如果去不了四姑娘山，G城附近多的是名山大川，那些喀斯特地貌、岩溶景观，当年母亲见了都连连惊呼："世上竟有这样美的地方，好像真的在画中。"——或许可以成为她的户外露营地，为什么不呢？

一路上，火车穿山越江，穿过荒野、城市和人群，把世界一股脑儿抛在身后。她沉浸在旅途的恍惚感中，好像过去的时间正以肉眼可见的形式一寸寸后退。她喜欢在路上的感觉，游离于时间之外，不必卷入任何事件与纷争中。

那间只待过数十分钟的公寓房，不时浮现于脑海。当年交房时，母亲没去成。她匆匆拍了几张室内照，还在阳台上拍到江岸的轮廓和远山的边缘线，一个没有任何装修的毛坯房，却能看见世上最美的风景。买它的人大概不会在意这些吧，他们在意的只有价格，拮据让人们对所有含有价码的东西都心存畏惧。她自己何尝不是如此，她的母亲又何尝不是如此。那是生命中唯一的一次，母亲像个阔人那样一掷千金，最终却被证明是一场空。

上车后不久，小卢便发来微信，约了见面时间和地点，并告诉她一些注意事项。可她最关心的还是价格。

"问过了吗？对方愿意出多少钱？"

"别急，还在谈。"

"可不能太低了。差不多就那个数吧。"

"嗯，知道的。"

"毕竟我们已经亏很多了。"

"嗯，知道的，见面再聊。"

……

G城以旅游业为主，疫情冲击下，市场一片凋敝。她的房子位于远郊，更是门可罗雀。事先，她了解过，那个城市很多导游和餐饮服务员都改行做快递员或直播带货了。或许，买这个房子的人，就是某个倒霉的导游，或餐饮服务员，还可能被女朋友逼婚。

她决定处理掉这个房子，这个念头在母亲死后越发强烈，好像它瞬间成了烫手山芋,曾经有过的想要占有一个实物的念头早已消失殆尽。

相比于汽车和飞机,火车更接近时间流逝带给她的感觉,平稳、匀速,近乎悄无声息。她决定去书里的世界遨游一番,除了罗伯特·麦克法伦的《深时之旅》《古道》,还带了一本薄薄的小书——《一间只属于自己的房间》。这书还是多年前出差途中买的,这次出门带了它,也算是旧梦重温。打开书页,她看到一个女人坐在河岸边,身边有火热燃烧的灌木丛,有柳树、石桥、游鱼。由女人开始,作者又兴致勃勃地谈到大学校园、玻璃柜、图书馆,还有管风琴鸣咽般的声响——书中文字让她昏昏欲睡,往事却潮水般渐渐漫溢上来。

她想起多年前做过的梦,总是跟钱和房子有关,梦见地上掉了很多钱怎么也捡不完,梦见走进一间窗明几净的屋子里,里面有白色窗帘、写字台、床、床头柜、洋娃娃、粉色公主裙,每一样东西都温暖明亮,让她爱不释手。连在梦里她都知道这是梦,是假的,根本无法将宝藏带到梦境之外,根本无法占有任何实质性的东西。好几次,她在那样的梦中失声痛哭,醒来时眼角还残留着泪水。最近几年,自从带着帐篷在荒坡和岩石上睡过几次后,她就很少做那样的梦了。

那次,母亲临时换了病房,没有陪客床位了。她找了一张席子铺在地上,倒头就睡。醒来后,母亲看着她,安慰地说:"真没想到你在这样的地方还能睡那么香。"那段日子,她连坐着也能睡着。母亲去世后,她第一个念头居然是终于可以安安静静地睡上一觉了。就算这个世界马上就要被毁灭了,她也要睡上一觉再说。

最后那段时间,他们来医院看望母亲,都不敢看病人的脸。连父亲也躲在后头,背着母亲偷偷抹眼泪。他们被母亲的模样吓到了,饱满的脸颊硬生生地消退下去,骨头从里面戳出来,好似随时可能戳破表皮,露出狰狞的白骨。只有她,给母亲梳头、洗脸、擦身,一切如故。好像无论母亲变成什么模样,她都有办法接受。

母亲唯一一次提及那个房子,是在某次转院之后,远山的轮廓出现在病房前,就像一幅画。母亲扶着窗框,肿胀的双腿不住地抖动着,仍坚持站了好几分钟。没过几天,母亲要求转到大楼另一侧的病房里,宁可对着熙来攘往的门诊大厅。

抵达G城已是晚上八点多。她找了家旅店住下,想着第二天签完合同,顶多再待一天,就可以回去了。这是她第四次来这里了,印象最深的还是与母亲一起来的那次。她们在河上划了船,水波碧绿,清澈见底,宛如幻境。船夫告诉她们,河对岸有一座岛屿,岛上有村庄,住着人,如果有时间,可以上去看看。后来,母亲每次说起那座未曾登临的岛屿,都觉得可惜,"应该上去看看的"。她们都是在陆上长大,对岛上的村庄总有一种说不出的好奇。那时,她还对母亲说:"等你以后住过来,随时可以去看。"

现在,替母亲过来的人还是她。G城四季温润,一下火车,那种慵懒、幻梦般的气息便扑面而来。她在街边坐下,吃着那些酸酸辣辣、口味怪异的食物,看着往来人群肤色深黝的脸庞,"母亲也曾出现在这里"的念头一度占据她的脑海。

来 G 城之前，她和父亲摊牌了。

他有权知道母亲是一个怎样的人，也应该知道。她原以为父亲会愤怒、震惊，甚至破口大骂，这属于一个丈夫的正常反应，但他并没有。她告诉他，母亲在 G 城买了一个小房子，原本打算以后去住的。现在，她要去卖掉它。那一刻，他似乎蒙掉了，是认为母亲没有那么多钱去做这样的事，还是没有这样的魄力，她不得而知。现在，父亲的脸再次浮现在眼前，她仍然一无所知。似乎，父亲并没有那么震惊，他的反应大概类似当年她大学毕业，居然放弃优渥稳定的工作，跟随一个男人去了异乡，许多年后又不声不响地回来了。他就是那样的人，好像只要给他一点儿时间，什么事情都能接受。

穿行在 G 城的街巷里，她第一次感到母亲不在了，再也不用通宵达旦地陪在身边，看着她挣扎受罪。她是自由身了，想去哪里就能去哪里，可她又能去哪里呢？这陌生的小城并没有母亲留下的痕迹，就算有，也只是作为一名游客的足迹，早已消散无踪。

那天晚上，她没带手机就出门了，原本只想在附近走走，不想居然迷路了。陌生的街巷成了迷宫，鳞次栉比的房屋是迷宫里不断出现和消失的墙体。某一刻，她感到自己怎么也找不到来时的路，好像酒店在一场大雾中彻底消失了。

回到房间已是凌晨，手机里躺着好几条未读信息，都是小卢发来的。小卢告诉她，"没有什么别的客户，看中那房子的人就是我"，"价格方面如果不能让步，我也能理解"。脑海里慢慢浮现那个女孩的脸，小麦色肌肤，高颧骨，眼窝深邃，骨相突出，让人想到严肃、勤奋、克制等词语。出于好奇,她翻看了女孩的朋友圈,但除了工作动态,并无任何私人生活的展示。这个女孩是她在这里唯一认识的人,但她对女孩一无所知。

第二天上午,她们在约定的地点见面。合同早已拟好,她粗略看过一遍后,马上签了字。在原先拟定的房价基础上,她又主动做了一些让步。她只求快点儿脱手。小卢一脸欣喜,一个劲儿地向她道谢。余下半天,她们由中介领着去房管局、银行、办证中心办理各种手续,很快就全部搞定了。首付款拿到了,剩下的尾款待银行审批通过后,一个月左右也会到账。

手续办妥后,她请小卢喝当地特产——桂花乌龙茶,有如释重负之感。

小卢忽然说:"我妈想请你吃个便饭。"

她感到意外,也有些为难。

"老人家想当面谢谢你,还有一件重要事情……要和你说。"小卢忽然低了头,好像触到什么隐私或痛处。

她有些疑惑,不知道她们要说什么。

更让她意外的是,她们一家居然住在新房对面的小岛上,中间隔着一条江。她想起母亲当年说过想去江那边看看——上天最终把机会留给了她。

那天,吃过早饭,她早早来到江边。马上就要离开了,或许以后再也不会来这里了,她沿着江岸,往下游走去。这世上江河那么多,命运却将她和母亲带到这里,她不知这其中暗藏着什么玄机。她仍在人世行走,自然无法洞悉事情真相,或许母亲已经知道,正默不作声地看着她。她的母亲尽管知道一切,却不能告

155

诉她，任何属于死者的荣耀既不能被转让，更不能让生者占有。死者不能回头，就像江河不能倒流，这是万物运行的规律。

清晨的江面异常宁静，流水声极轻，两岸的草树山石时而笼在一团白雾里，时而清风涤尘、云开雾散。她分明感到世界的虚幻，所有事实在流水面前都显得虚幻。她熟悉这种感觉，就像在山野露营，只有星光和弥漫的夜色，山下世界成了另一处人世光景。

摆渡的是一位肤色深黝、胡子花白的老人，戴着一顶破了边的草帽，门牙处留有一道明显豁口，说着她听不懂的南方方言。水波晃动，竹筏也随之颠荡，几次调整方向后，才慢慢向着对岸划去。到岸了，船夫举起手，冲着她嘿嘿直笑。小卢这才告诉她，老人是她舅舅，做了三十几年的摆渡人，"舅舅说，你还是今天第一个上岛的客人"。她注意到舅甥两人身上有某种相似的东西，但一时无法说清那是什么。她们上了岸，穿过竹林和陡峭的坡地，来到一条湿漉漉的古道上，两边是密集丛生的灌木，足有半人多高。古道尽头是一片柚子林，沉甸甸的果实压在枝上，好似只要伸一伸手就能触碰到。

村庄位于岛中央，被树木和竹林包围，和陆上别的村庄并无明显区别，不过更为低矮、潮湿、破旧，墙体遍布日晒雨淋的痕迹。她低头走进其中一家，眼前瞬间一片漆黑，好似进入幽深的洞穴，片刻之后，才看清桌上摆着的鸡鸭鱼肉，似乎刚刚烧好不久，还冒着热气。她听到一个声音从角落里传来，凝神细视，一个头发花白的老太太正坐在床沿上咧嘴笑着，其神情与摆渡的老人肖似。她神情讷讷，喊了一声"阿姨"，干巴、短促，舌头像是被什么锁住了。此人定是小卢的母亲无疑,不知为了何事邀请她来。她战战兢兢地在餐桌前坐下,看着她们忙前忙后,为她端上各种事先准备好的食物。白炽灯的微弱之光,在物体表面油一样滑过,并没有反射出多少亮光。屋内昏暗依旧。而一墙之隔的窗外,万物明亮耀眼,如火如荼。有一瞬间,她甚至生出错觉——来这里的人不是她,而是她的母亲。即使面对陌生人,母亲也知道如何把话题延续下去,就像山顶洞人懂得如何保存火苗微弱的光。

这照例是一个没有获得足够传播的故事,它只在少数人之间流传,如今她们认为有必要将之传递出去。她既是被宴请者,更是他人命运的聆听者。她们认为她有权利获得这份殊荣。小卢告诉她,她们属于一个古老的高山族移民后裔,与尊贵的客人分享人生故事是她们族人的传统。过去十几年里,这个家庭经历过太多磨难,始终选择隐忍不发。如今,倾诉和分享的时刻到了,为了将故事中最明亮温暖的部分传递出去,她们决定一五一十,毫不隐瞒。

自有记忆开始,他们的族人就生活在江的两岸。从前住在上游的崇山峻岭里,以猎获野兽和采摘草药为生;如今,逐渐从深山老林里搬出,来到陆地或岛屿上,从事各种与渔猎有关的营生。唯一不变的是,他们只在江的两岸筑屋而居,无论世事如何更迭,从不远离。故事从那年春天开始,这个家庭年轻的父亲为了拯救同族儿童溺死在江里,没过几年,家族的长子在渔猎季节遭遇意外。从此之后,这个家庭开始在离去和留下之间艰难抉择。每过几年,族人中总有人以身体喂了江中的鱼,或投江自尽,或意外亡故,或莫名其妙酒后醉亡,都与江水脱不了干系。

悲恸欲绝的母亲决定让这个叫卢迎春的女孩摆脱宿命纠缠，远走他乡。初中毕业后，女孩在母亲的授意下跟随江对岸的理发师去了外省市。女孩的离开让母亲如释重负，以为就此可以摆脱命运的裁定。几年内，女孩音讯全无，母亲靠给人缝补渔网为生，并与自家兄弟相依为命。直到三年前某个春日下午，女孩成为女人，出现在江的对岸，带回一个更小的女孩，母女俩站在自家舅舅的渡船前，请求渡江。此后不久，女人在河对岸的售楼处找了工作，女孩被安排在岛上的幼儿园读书，放学后独自跑到江边的沙地上搭建城堡。她从小就接受了完整的安全教育，小小年纪便拥有常人不及的警觉性，知道水的世界变化莫测，不能离得太近。此后，一股不可分离的力量将这家人紧紧相连在一起。

这几年，她们陆续获悉，很多像这样的岛屿正面临被开发的处境，届时钢铁大桥会从江的对岸兀自延伸过来，将两岸相连，岛屿就此成为陆地的一部分。上面的人会让土著离开，把低矮破旧的房子推倒铲平，原地建起漂亮整洁的民宿。那些有花园、看得见江景的房间将被争抢，有钱人愿意花上几千块钱住一个晚上或几个晚上，或者干脆造一个豪华别墅区。届时，他们会分到拆迁安置房，位于某个偏僻、无人光顾的角落，最重要的是远离江边，离这条被祖先眷顾的河流十万八千里。

而她们不想离开，于是，她们想买下她的房子，"就因为那个房子能看到江面"。她们把这些年积攒下的钱全都掏出来，把能卖的东西都卖掉，包括本民族的衣服和金银首饰——坚持这么做的是家中的老母亲。这些年，她从织补渔网中获得经验，既然事情必将来临，不如当它已经到来，迫在眉睫。

这个故事的主干由母女俩共同讲述完成,母亲为主讲者,女儿负责添加枝叶,她们配合默契,让她相信自己无意中促成了一桩好事。

那天从村子里出来,已近日暮时分。站在通往柚子林的坡地上,她再次看见那个房子。黄昏夕光下,米黄色外墙显得格外明亮。沿河第一幢,五楼,东边套,格子窗户,它那么遥远,此刻又近在眼前。她忽然想去那里看看,这个念头瞬间变得强烈。既然明天就要离开了,为什么不在那里睡一晚?反正,她什么都带着——帐篷、防潮垫、睡袋,她在哪里都能睡着——沙漠、草原、雪山,都睡过。况且,睡在一个没有装修的房子里,根本谈不上什么冒险。

她看过一则新闻,一个单身男人千里迢迢跑去东北某资源枯竭型城市,以白菜价买下一个很大的房子——那是他多年打拼后拥有的第一个家,他准备留在那里生活,到处找工作,很难,机会太少。几年之后,他不得不含泪离开,而原本就是白菜价的房子变得更为廉价了。镜头里,男人眼泪汪汪地对记者说,那是他此生拥有过的第一套房子,永不会忘记。

她记得那个人就是把帐篷搭在毛坯房里。一个毫无装饰的房间,一根临时拉起的电线上挂着乱七八糟的衣物,生活用品堆在地上,墙头挂着《活着》的话剧海报——上面画着一条倒立的鱼骨架。

那天晚上,她把随身行李都搬了过去。她的东西并不多,在那个空荡的屋子里铺展开,倒有了日常生活的气息。她在客厅里搭上帐篷,铺了防潮垫,取出睡袋,开启户外过夜模式。如果朋友们知道她在这种地方搭帐篷过夜,估计会哑然失笑。这很荒唐,毫无意义。但她就是无法停下,冥冥中似乎有股力量推着她,让她这么做。当初,她和母亲决定买下这个房子,大概怎么也不会想到会以这样的方式与此告别。对,就是告别。她很高兴,终于为自己的行为找到理由。这就是一个告别之夜,与遥远的房屋、与母亲、与往事、与过去的自己,她要来个彻彻底底的诀别。

她钻进睡袋,直挺挺地躺着——等在那里。月光从敞开的窗户外面漏进来,照在帐篷前面的空地上。她没有将随身携带的营地灯点亮,这样的夜晚并不需要太多亮光。站在黄昏的阳台上,能看见不远处的江面,但夜里什么也看不见。

这个白天,在遥远的四姑娘山,她的朋友们徒步了六七个小时。此刻,他们在山顶露营。群里有人上传了照片,营地四周,不是云雾缭绕的雪山,就是触手可及的星空。而那些墨绿色帐篷就像一簇簇孤独的灌木丛,沿途排布开去,仿佛可与星空接壤。母亲生病前,她陆续登过韭菜岭、九顶山、武功山和甘肃的扎尕那山。风景最美丽的地方,死亡也如影随形,好像这才是世上最颠扑不破的真理。

那段时间,她总是席地而睡,把席子铺到母亲脚边,好像只有离母亲近些更近些才能留住她。睡梦中,她的手指常常触碰到冰冷的床脚,身体一阵战栗。

每到星期五下午,母亲就让她回家休息,说想独自待一晚上。后来,她才知道,那些夜里,母亲的病房里会迎来神秘的客人。好几次,她发现陌生的鲜花、水果和一种特殊口味的零食出现在床头柜上。每次被问及，母亲不是说同事，就是说朋友，有时候干脆胡言乱语一通。显然，母亲根本不想与她谈这个。直觉告诉她，那些东西可能来自同一个人。那个人肯定不是父亲，父亲总在白天出现——她也在场的时候。显然，母亲在隐瞒什么，并且以那种异常决绝的态度，好像那是她的秘密和隐私，谁也无权过问。

一开始，她感到愤怒，不可思议，不仅因为那是一个她无法接触到的世界，还因为她的母亲，一向温婉坦荡的母亲居然拥有那样一个隐秘的世界。最后几个月，她的心态才渐渐改变，甚至觉得感激。至少，那些夜晚之后母亲似乎平静很多。葬礼上，她留意过，但一无所获。

河对岸住着的那家人，马上就要搬到这个明亮、整洁的屋子里来。为了获得它，她们付出太多。让她难以理解的是，她们居然把所有的艰难、辛酸，甚至隐私，毫无保留地告诉她，好像这些隐私、不堪、辛酸，并非不可言说的耻辱，而是宝贵的经验，是尊严与荣耀，值得与他人分享。

对岛上村庄的猎奇之心瞬间瓦解了，一切根本不是她想的那样。为了留在水边，小卢的母亲养了十几头猪，每天不得不拉着一辆破车，去饭店、建筑工地、学校等公家单位的食堂讨要泔水，夏天时气味难闻，让人作呕，还要躲避恶狗的追逐。

她们越是面带笑容，轻描淡写，越让她感到事情本身比能够诉说的部分更为混乱和复杂。此刻，那昏暗屋子里近乎诡异的气氛，如在眼前。做母亲的忽然讲起家族中的成员——母亲生病的大姐，女儿的姨妈，因为不会说好话，不会玲珑婉转地求人，硬生生地错过抢救时间。这到底怎么回事？她一时辨不出母女俩的立场。她们微笑、叹息，好像是对此的一种无声默许，甚或是鼓励？她们的态度实在让人诧异。

"不好意思，小卢她不应该……骗你。"

"这个……她并没有骗我啊。"

"她就是骗了你。为了达到目的，她这么做了。"

"这个不算什么啊。再说，她后来也和我明说了。"

"那还是骗人了。"

见她不吭声，老人继续说："在我们的民族里，绝不允许求人，更不能……骗人。"

那天，做女儿的在母亲的训斥下，涕泪交流。为了不离开祖祖辈辈生活的江边，她们想尽一切办法，最终还是违背了祖宗遗训：不撒谎、不服软。

从那间小屋出来，她羞愧难当，觉得自己根本不该来这里。

来G城之前，某天午后，家中沉默已久的座机忽然毫无预兆地响起。电话里，一个女人叫出她母亲的名字，说想过来看看病人。她冷静地告知了实情。电话那头，女人忽然哭出声。哭声渐渐止息后，女人以带有表演性质的语气讲述了一切。原来，每周五出现在母亲病榻前的根本不是同一个人，而是一群人。他们是母亲年轻时所在越剧团的团友。整整半个月，一场告别仪式在临终的病房里悄然进行。关于此中细节、详情，女人守口如瓶。女人只说了一句："能找到我们，你妈妈很开心。"

母亲为何去找他们，又是如何找到他们的，他们都是哪些人？她想问个究竟，但已经无处可问，无人知晓了。

最后时刻，母亲要求拔掉氧气管、拒绝插管及任何临终救护。面对她和父亲的乞求，母亲摇头，不为所动，"太疼了，还是不要了吧"。

黑暗中，她感到一阵战栗，就像小时候走在暴雨过后的街面上，水流流过脚背的感觉。她想奔走，在水里跑起来，让水花飞溅，但那些水太重了，压着她的脚背，拽着她的腿，让她怎么也跑不起来。

在山上

那孩子穿着冬天的裤子和鞋子,我们不让他上山来,他哭哭啼啼地偏要跟来。现在,他的额头上全是汗。那些汗珠子从他的头皮里冒出,从他的发丛里流溢出,不仅额头上,连脸颊、脖子上也全是。他用脏手胡乱一抹,嘻嘻一笑,指着那块墓碑问道:"我爷爷真的住在里面吗?现在还在吗?"他反复问着这几个问题,好像纯粹是为了好玩,而不是为了获得某种解答。

天气太热,三月底的太阳堪比五月,墓前除了芜杂、繁密的茅草丛,连一棵遮荫的树都没有。后来,他就在那块逼仄的墓前空地上放肆起来,用树枝胡乱击打墓碑,嘴里发出尖叫声,有几次都快触到祭品了。他的父亲蹲在边上抽烟,玩着手机,偶尔瞥一眼小孩儿,并不去阻止。一会儿,那孩子发出一种奇怪的声响,也不像是笑——更像是由某种意外所引发的。

果然,他受伤了,右手无名指指腹上映出一小片模糊的嫣红色。他举着伤指,走到他父亲面前,眉头紧皱,眼里含着泪。孩子的父亲撕开香烟盒里的锡箔纸,扔给他。"快包上,可以止血。"孩子接过锡箔纸,将其展开,小心翼翼地绕过伤指,去包裹它——那动作仔细谨慎,煞有介事。瞬间,银色的指头好似戴了高帽,明显高出边上许多。他歪着脑袋,打量那根陌生的手指头,一个凭空长出的外来物体。过了一会儿,他的眉头渐渐舒展开。

他走过去,蹲在那簇茅草丛前,想要弄清楚到底是什么东西使自己流血。"叫你别去搞那些东西,你还要搞。"他父亲一边玩手机,一边训斥道。那孩子扭头望了父亲一眼,轻声而委屈地分辩着,说自己并没有碰那些东西。那根伤指仍被男孩儿高举着,突出于别的指头之外,被慎重而无声地区别对待着。

他父亲并没有看他,或许看了一眼,确认他没有危险,马上就把目光重新移到手机上。男孩儿仍蹲在那里,"这些长了锯齿的草,怎么那么厉害呀!"——那孩子突然站起身,笑嘻嘻地重复着我刚才说过的话。那语气,我听着有点异样,不像是一个孩子说出来的。

下山的时候,我攥着那孩子的手,刚才上山的时候也是如此。山路很陡,沙石又松软,很容易跌到边上的沟渠里去。他父亲用锄头扛着祭品,龇牙咧嘴地走在前头,换肩的时候,回头望一眼那小孩。男孩儿不时地用伤手去触碰路边旁逸的树枝,受到警告后,才有所收敛。

我很担心他提出抱的要求,毕竟他才五岁,又走了那么多路。可他似乎忘了此事,陡峭的山路、随时会摔跤的感觉可能让他觉得有趣。他嘴里不时地冒出问题,它们严肃而可爱,要是孩子的妈妈在肯定会笑出声来。可我没有笑。他的父亲也没有。

那些问题好像是在确认自己此刻正走在一条不同寻常的路

上，与平常所走之路截然不同——孩子被这样的事实鼓舞着，感到兴奋。

孩子走得很快，很不稳，好像稍不留意，就有可能飞起来。其动作、神态，给人一种要摆脱一切、不想被任何东西束缚的感觉。他的手心早已汗湿，额上的汗也越聚越多，身上开始散发出一种明显的气味。那身属于冬天的装扮此刻正鼓囊囊地包裹着他，裹得比之前还要厉害，不给人一点喘息的机会。可他脸上的表情是毫不在乎，什么感觉也没有。他的注意力根本不在那上面。我想到他的母亲，那也是一个没有脑子的人，生孩子的前一天还在牌桌上。

那孩子一蹦一跳地走在那条并不算平坦的道路上，我不得不护驾似的紧随其左，他的父亲则走在前面两三米之外的地方。

当走到一处平坦的坡地，我叫他停下，从包里取出水给他喝。他咕咚咕咚地灌了几口，我让他再喝，他听话地再次灌了几口，好似在执行一个机械的指令。小孩儿喝水的时候，前面扛祭品的人也停下了，以一种不明所以的目光望了我一眼。这水本来是我为自己准备的，现在被这孩子喝过，就不能再喝了。喝过水后，他额头上的汗冒得更多，好像那些水迅速进入他体内，成为他身体的一部分，可以让他流更多的汗。

不远处就是柏油铺的大路，汽车在上面奔跑，那小孩忽然松开我的手，撒腿奔跑起来，绕开他父亲，要跑到那条柏油路上去。我被他的行为吓了一跳，他父亲也叫起来，叫他快停下，别跑。他为自己的行为引起了我们的注意而哈哈大笑。当然，他马上就不跑了。他看到一朵白花，塑料做的，是扫早墓的人丢下的。来的路上,我就告诉过他如何检验真花,如果一朵花怎么也撕不碎,那就是假的。他在说"那是假的"的同时,顺便将白花掷回地上,那动作有点恶狠狠的,夹杂着愤怒,不明白这世上为什么会有假花,还比真花好看。我发现他捡一个东西并不是为了保存它,而是为了更快地摆脱它,或者干脆踩躏它。沿途,他笑嘻嘻地将随手摘到的草叶野花撕碎,扔掉,完全是下意识的行为。我想起很久以前,那小孩儿的父亲也是这样,经他之手,有不计其数的东西都破碎了,毁掉了……让人战栗、恐怖的过去。现在连那种不良感觉也渐渐隐去,伤口成了瘢痕组织,即使没有痊愈,也不大看得出来了。

马上就要接近柏油路了,那孩子再次奔跑起来,跌跌撞撞,歪来扭去,给人一种随时可能栽倒的感觉。我快步行至路的左边,以便能及时保护他。左边是悬崖,底下两三米处是长了紫云英的梯田,还有一些稀稀落落的油菜花。此刻,那里正花团锦簇,各种野花安静无声地绽放。我试着引导那小孩儿去看花,可没有成功,他的注意力正被一只彩色的虫子吸引。它在干燥、黄褐色的土层上爬行,红黄绿相间的背部异常突兀。我还没来得及告诉他这是甲虫,他便一脚踩了下去,拔腿便跑。他的父亲看见了,我也看见了。我们谁也没有说话。眼下,他的父亲,那个中年男人正被肩上的祭品弄得龇牙咧嘴,他背了它们一路,对一个从小到大都没怎么挑过重物的人而言,这很难忍受。

去年,挑祭品的人是母亲,五年之前是爷爷。今年,母亲躺在医院里,叮嘱我一定要买水果,可我到了山上才想起。有一年,也是在这条路上,母亲忘了带酒,荒野郊外,她很着急,我说算了吧，明年再补上也行，她非要跑回去买。还有一年则忘了带打火机。这种忘记带东西的事情，几乎每年都有。

稻田荒掉了，会种田的人都埋到土里去了。下一代人，他们不会知道种田的事。那个小孩儿就不知道。他的父亲也没有下过一天田。

小孩儿再次奔跑起来。与在平地上不同，山路上的跑给人一种滑稽感，好像摇船的人正艰难地穿过水波的阻力，身体随时可能飞出去，飞到沟渠里去。

以前，这条扫墓的路上没有这孩子，也没有孩子的父亲。这孩子是随着一个年轻女人降生至这个家族里来的，如今这女人正在家里孕育二胎。对这土里埋着的人，这小孩儿一个也不认识。他们跟他说："你今天要去山上看爷爷。"他眨眨眼睛，逢人就说："我爷爷住在山上。今天，我要去山上看他。"那神情好像这世界上所有小孩儿的爷爷都是住在山上的。

这小孩眼睫毛很长，笑起来很像他母亲，身上的脾性却越来越像父亲，总是莫名其妙地大哭、大笑，像一头小兽那样咬人，过后却笑眯眯地望着你，轻声轻气地说话，比谁都温柔。他才上幼儿园中班，普通话咬字却很准，这优点被他父亲在亲戚面前一再提及。

他对这小孩儿是满意的，充满怜爱。他扛着祭品走在前面，每隔一点儿时间就回头看一眼那小孩儿，看到他被我安全地牵在手里就放心地扭过头去，或者高声叫一下小孩的名字，对他的表现称赞一番，说他一直自己走路，没有叫人抱，很乖的。无论他说什么，那小孩都充耳不闻，或者傻兮兮地笑，并不因父亲的称赞而感到兴奋。

我们已经走到柏油路面上，靠近山体的那一侧，每当小山似的运货车从身后轰隆驶来，便有种莫名的惧怕——好像它们随时可能侧翻，将我们压在重物之下。

高速公路开通后，这条路上，除了运货车，便少有别的车辆往来。山路盘旋且陡，我们的右边是山，左侧是悬崖，不远处的陡坡下面还有一个蓄水库。我攥着那小孩的手，把靠近山体的一侧让给他走。

每隔几分钟，就有那种大车从我们身边慢吞吞地驶过。有一次，那小孩儿差点冲着车子跑去，吓得我心脏狂跳，忍不住骂了他几句。虽然一只手被攥着限制了自由，他的脚却不闲着，将路肩上出现的牛奶盒、易拉罐、小碎石什么的，哗啦啦全踢到边上的沟渠里去。小孩的父亲在听闻响动后，会不时地回头望他一眼。

"我爸爸踢了，我也踢——"他在遭到诘问后，一脸委屈地望着我，额上的汗仍在源源不断地冒将出来。那些汗珠粒粒饱满、晶亮。

在我的要求下，那瓶子里的水已经被喝掉一大半。其间，他娴熟地褪下裤子对着干涸的沟渠撒了两泡尿。没有风。只有当汽车开过时，才带来一丝空气的流动。柏油路很陡，上坡和下坡不断交替出现。小孩儿一路都在询问什么时候才能到。"太远了。""怎么还没到啊。"他的短发已经湿了一大半，黏滞地搭在一块，气味比刚才还要浓烈。没有人搭理他。他的父亲也不吱声，扛着祭品倒比刚才走得还快。看着那小孩连着撒了两回尿，而瓶子里

169

的水已经不多了,我提议休息一会儿。孩子的父亲却说:"等走到娘娘庙再说吧。"

那娘娘庙,他居然也知道。

从前作为浪子在外面荡的时候,他从不回家。现在家里人走的走,散的散,他也知道要扫墓了。早上,孩子哭闹着要跟来扫墓的时候,他也不阻拦,可能还觉得挺高兴的吧。娘娘庙里有座佛龛,爷爷生前就喜欢喝佛龛下流出的"仙水"。小时候,每次路过那里,我也会去舀一瓢来喝。爷爷决计把墓地择在庙宇后面的山上,与此大概也是不无关系吧。

小孩儿是爷爷去世后才降生人世,他不知道什么是娘娘庙,上山扫墓也是第一次。此刻,他耷拉着脑袋,一脸无精打采的样子,除了踢踢脚下的碎石子,也没有别的事情可做。

我告诉他娘娘庙快到了,就在前面。

其实,前面是水库。左边路基下七八米处,有一处碧绿的深潭,吞噬过不少生命。此刻,我们走在靠近山体的这一侧,是看不见那边的。但我知道,它就在那底下,平静地等在那里。如果有人往下跳,是没有可能活着上来的。死在那里面的人,仅我所知的就有好几个,有意外坠落的,但大部分是自愿前往。

那年夏天暑气逼人,我从家里走到水库边,坐了一下午。在我之前,有很多人都在那里坐过,他们没有跳下去,我也没有。

我的第一辆自行车就是被他——此刻扛着祭品的人,从桥上扔到溪流里,是爷爷帮我捞上来的。他说:"你看,它还能骑呢。"看那神情好似捡了什么宝贝。在这个家,爷爷惯于做善后工作,修补门扇,更换窗玻璃,去街上买新锅子。任何他招惹的是非，都是由爷爷去填补。

即使瘫痪后，他也并没有马上死去，一口气憋了三年，要看着他变好——还是没能等到那一天。

今天，爷爷要是知道他带着儿子走了那么多路，专为了给他扫墓，肯定会高兴的。他生前最看重的就是这事，一次次带我们去那小土丘前祭拜，唯恐我们不认得路。

那孩子手上的锡箔纸早丢掉了，伤指的存在被遗忘了。我们走到娘娘庙对面的桥下，那里很阴，太阳晒不到。那孩子看着流水，忽然说："这水要流到哪里去呢？为什么要一直流啊？"没有人理睬他的傻话。他的父亲放下祭品，蹲在边上悠闲地抽烟。那小孩儿走到他面前，笑眯眯地望着他。据说那孩子一度对打火机表现出迷恋，睡觉的时候也要拿在手里。那会儿，每个看到这小孩儿的人都会有种隐隐的担忧，他的父亲很小就学会了抽烟，把家搅得天翻地覆。有一天，那孩子拿着烟卷，装模作样地往嘴里塞，装出抽烟的样子——非常欢乐——我母亲就站在边上，甩了他一巴掌。

和一年前相比，小孩儿似乎有点儿不一样了。进入幼儿园没多久，他就学会了说普通话，而且只肯用普通话说话，回答问题。因为嗜好甜品，他的两颗门牙有了不同程度的缺损，好在只是乳牙，还有挽救的机会。

我们再次上山。太阳好像离我们更近了，无声而隆隆地照耀着，它的热量通过树木和簇拥的草叶源源不断地传递给我们。我们的身体好似被限制在封闭的容器里，无法顺畅地走动和呼吸。我挽着那孩子的手，他的手心里也全是汗。他的父亲拿着柴刀走在前面，分开道路两边旁逸的枝条。

显然，自去年清明节之后，这里就再也没有人来过。我们踩在那些枯枝败叶上，聆听着那种声响，感觉来到一个完全陌生的世界。

"好像就在这里啊，可怎么没有路呢。"前面的人嘀咕着，放下装祭品的篮子，四处张望着。杂草以完全不同于以往的面目生长，自成一个世界，把任何可能进入其中的事物果断地摒弃在外。

他站在那里，感到不知所措。道路被密集的灌木和荆棘占据，没有一点曾经作为道路存在过的迹象。

"应该就在这里，不会搞错的。"

他像是没听见我说话似的，叫我和那孩子原地等着，他要下去查看一番。篮子被摆放在陡峭不平的路面上，里面除了食物，还有一面白幡、三支烟。我想他有可能会打退堂鼓，说找不到，或者干脆不提这茬儿，若无其事地回去。我也不会在母亲面前提的，说我们没有找到爷爷的墓地，却回来了。这将成为我们之间共同的心照不宣的秘密。

很快，孩子的父亲走到看不见的地方去了。那孩子摘了一片树叶放在嘴边吹，可怎么也吹不出声响。他丢了叶子，捡起一根枯树枝，就地挥舞起来，嘴里呜呜有声，大概是在扮演某部动画片里的角色。

我站在坡地上等着，护着那孩子，以防他滚到荆棘丛里去。气温越来越高，几近烘烤了，我无知觉地忍受着。比这还热的时候我都经历过，也是在这山上，我被爷爷差遣着，在一块地里劳动。

现在，地都荒了，长满荆棘和茅草，没有一点曾经是块庄稼地的迹象。爷爷把自己埋在这生前的劳动现场，一个精心挑选的地方，并数次带我们前来认路，不曾想到时隔不久我们竟会找不到这地方。

在死去的亲人中，爷爷是最在乎身后之事的，可我们却找不到他的墓地——这样的事实说出去很难让人相信。

去年来的时候尽管路面狭窄，可还是有的，那上面存在着曾作为路的迹象，野草和荆棘也没有像现在这样肆虐成片。

孩子的父亲回来了，说下面并没有可以进去的道路，他要上去查看一下。"或许在上面呢。"说着，三步两脚从我们身边跨过。那只盛放祭品的篮子仍搁在刚才那地方，被强烈的阳光直射着，我感到那里面的东西正渐渐丧失作为祭品的新鲜度和有效性。而在这山上的某个角落里，爷爷大概已经等得不耐烦了。

那孩子蹲在一丛蕨类植物跟前，默不作声地撕扯着那些叶片。它们与树上长的完全不同，好像是由传说中的叶片裂变而成，如此美丽，让人惊叹。

那些叶子，和这座山一样古老的叶子，此刻被那孩子当作玩具，在手心里摩挲着。空气中散发出一股新鲜而辛辣的气味。

孩子的父亲还没有回来，或许正在开辟一条新的道路，或许只是蹲在某棵树下无聊地抽烟。等抽完烟，他会下来的。我等着他对我说我们回去吧。他说得出这样的话。从前，他什么话都说得出口，什么事都做得出来。这几年，母亲已经不大提那些事，无论当初他们怎么忘不了，也正在逐渐淡忘。

事隔多年，我还记得母亲讲述那些往事时的神情，嘴角微微上扬，隐含着笑意，好像是在嘲讽自身命运的拙劣。那炎热的夏日午后，她空着肚子，赶了十公里的路去县城取钱，其实那张卡早就被提前取空。是他骗了她去走这段路。

母亲说起这些事情时的语气，越来越平静、坦然，好像事实本该如此，没什么好抱怨的。她早就学会了不抱怨，还把她对他的一点点好不时拿出来当众展示，献宝一样。尽管如此，她的心并没有重新热起来。太难了。那个人，她的儿子，绝不是一个靠得住的人。她比谁都明白这一点。

时间过去很久，孩子的父亲还没有回来。我听到身后传来残枝折断的声响，男孩儿正用一根断裂的树枝去击打蚂蚁。密密麻麻的蚁群，不知从什么地方爬出来，此刻正在黄泥土路上原地蠕动着，团团转。

男孩儿注意到了我的神情，忽然将手中那瓶已经开启的矿泉水，一股脑儿地浇灌到那些黑色的蚁群上。他的动作太快，我来不及阻止。"我要给它们喝点水，它们渴了。"男孩快速解释道。

被"洪水"冲毁了家园的蚁群，正四处窜逃，不知所往。"它们找不到回家的路了。妈妈会着急的。"男孩像是自言自语，又像是说给我听。

一条线状的水，正从倾斜的瓶口处流泻而下。

如果是沸水，他会不会也这样往下浇？

一阵战栗。好似有沸水从我头顶喷溅而下，脑门儿一阵灼痛，某种熟悉的痛感在体内瞬间扩散开去。

这时，孩子的父亲从那坡地上一跌一滑地下来，明晃晃的阳光也跟着他从那里下来。他喘息着走到我们面前，上衣领子及胸前已汗湿了一大片。"还是没有找到入口。那些茅草，到处都是。根本就没有路。"他看了那男孩儿一眼，地上的水痕早被吸走，蚂蚁们不知去向。

"地方没错……就是这里……"他指了指高处那片山林，语气出人意料的果决，好似就刚才离开那会儿，让他坚定了一个从未有过的念头。

我不知道这种信念来自何处，或许只是他给我的错觉。只要我说我们回去吧，他定会掉头就走，不会有丝毫犹豫。可我不会这么说。今天他是主角，我是跟从。做决定的人是他，不是我。

气温越来越高。空气中那根紧绷的弦，越来越紧。一旁玩耍的男孩儿忽然吵嚷着要下山去，他妈妈的汽车要来接他了。他听到声音了。他模仿着那汽车喇叭的声响——嘟嘟嘟，你听，妈妈真的来了。道路很窄，我紧拽着他的胳膊唯恐其滑到茅草丛中，脸被荆棘割破。

他挥舞着那只伤手，完全忘记了它曾受过伤、流过血。他发了疯似的，号叫，哭闹，踢着路边的灌木丛，见挣脱不了，索性一屁股坐在地上。他额上的汗疯了似的冒将出来。那只矿泉水瓶躺在草丛里，瓶盖旋开，里面已经倾空，没有水了。我看着那孩子的父亲，他还在查看地形，试图从消失的道路中重新找回一条。其实，他没有这样的经验，从来没有。在孩子出生之前，他很少出现在山上。如果此刻他说"我们回去吧"……我想我不会反对。

最好，能快点回去。

"我一个人去。你不要去了。你看着他。"他伸手过来拎那只竹篮，很沉。他将篮子横在胳膊上，就近分开密集的灌木丛，以柴刀断开旁逸的枝条。当遭遇陡坡的时候，先寻个平稳的地方将篮子放好，等自己的身体安全着陆，再去拎那篮子。他的动作富有条理，显得很有经验，或许来自本能。他一跌一滑地朝密林深处走去，很快就消失不见了，连窸窣声也远去了。除了偶尔响起的鸟鸣，什么声音也没有。

那孩子已经席地而坐，继续把玩着手中的树叶，任绿色的汁液沾染在手指和衣服上。他的脸完全处于绿荫之中，因为不再哭泣而显得疲倦不堪。

此刻，炎热逐渐退去，时间也似乎停止了流动。这是我上山以来，第一次想起那死去的老人，脑海里清晰地浮现出他的模样，还是离开前那副老态龙钟的样子，却没有变得更老。他可以在山上随意行走，没有任何东西可以阻挡他。这里成了他的乐园。他随时可以从终止的时间里出来，从坟墓里爬出来，往河流的上游走去。

他或许会看见孩子。这没有什么。等孩子长大的时候，他也会看见他。死去的人有一种权力，可以无所不知，却什么也不会说。

现在，他就不会告诉我们如何才能找到他。他一定就在我们边上，在密林深处，可什么都不会说。

——那孩子忽然站起来，询问他父亲的去向。"我爸爸去哪里了？他怎么还没回来？"孩子噘着嘴巴，好像在责备我。孩子的反应让我感到他的父亲的确已经离开很久了。我们必须要找到他,哪怕远远地看到他。为此,我们决定爬到更高一点的坡地上。那里,金黄的层叠的落叶铺满道路,那孩子立即发出惊叫声,在上面克制地奔跑起来。随着他的跑动,一种宛如脆弱物质被折断的声响在山林里回荡。他在那截土路上来回奔跑,一边跑,一边喊他爸爸,他的喊叫好像只是为了配合眼下的动作而发出。

他的爸爸似乎听见了他的叫声,并在某个幽深的地方回应了他。那声音听着轻渺而遥远,极不真实。一两声鸟鸣伴着那声音的出现而出现,马上又消失了。"我爸爸到底去了哪里?"男孩儿不跑了,停下脚步问我。我指着坡地下的杂树林,告诉他:"你爸爸就在那里面。"

"可我怎么看不见他啊?"男孩儿蹲在坡地上,凝视着那片林子,微风摇晃着树梢,泛起一片微弱的白光,宛如海面上涌动的细碎的浪花。林子深处仍一片寂静。我似乎看见有人站在一堆隆起的土丘前除草,斩棘,摆放祭品,神情虔诚。

那个神情虔诚的人不是这孩子的父亲,而是过往岁月中的任何一个人。谁站在那里,谁的脸上就会出现这种表情。

在深暗的老屋,在墙壁与窗台缝隙间行走的尘埃与幽灵,所有时间深处的抗争与认命,统统化为一阵轻柔的风,随之而去。

有一瞬间,五岁男孩的脸上浮现出一种担忧的神色,那片望得见的林子深处行走着他的父亲——可他看不见他。这上午发生的很多事情都让他感到困惑。无疑,在他降生人世之前,世上就有了树林、落叶、石头和道路;就有了炎热的天气,下雪的天气,大风把树连根拔起、铁皮飞到屋顶上的天气。他从来不知道他的父亲是浪子,把家人弄得一团糟。还有那些他从没有见过面的人,大人们告诉他,那些人现在都躲起来了——不是躲在林子中,就是躲在石头里。

男孩额头上的汗珠渐渐消失。他安静地蹲在坡地上,双手置于膝上,凝神望着某处,就像坐在幼儿园的小板凳上。他父亲就在林子里,上山之前,他答应给他买一把手枪。家里已经有很多把手枪了,可他还需要一把红色的、能发出声音的手枪。等父亲从那片林子里钻出来的时候,他就要提醒他这件事。

他要一把手枪。

他今天很乖,走了一路,爬了一路,尽管哭了,却没有让大人抱——这是他应该得到手枪的全部原因。他的脸上浮现出某种骄傲的神色,隐秘的笑意随之弥漫,当与我的眼神相遇时,那神情居然化作无限的虔诚与耐心。

我们像真正的亲人那样,一起等待随时从林子里出来的人,我们想要知道那个人究竟变成什么样了——无疑,林子里的时间已经改变了他,我们想要亲眼见证这种变化所导致的结局。

时间流逝,男孩儿仍默不作声地蹲在那里,在他脚边,一只彩色甲虫正缓慢而谨慎地爬向一簇茂密的灌木丛,黄绿相间的背部闪烁发光,好似去执行一项神秘而颇为紧急的任务。

一次远行

谁也不知道父亲从哪里搞来这三艘破船，它们泊在水岸边，首尾相连，局促、惶然，呈涣散状态。冬日午后，慵懒的日光下，父亲站在岸上，垂着手，请舅舅们上船。

一路上，舅舅们欢天喜地，推推搡搡，其实已经醉得相当厉害了。看到船和父亲的那一刻，他们险些蒙掉了。片刻的犹疑之后，大舅率先跳上船，双脚落下的刹那，身体差点摔倒在船板上，他哈哈一笑，顺势躺了下去。一番闹腾过后，众人也各自在船上找到舒适的位置，或坐或躺，快速将自己安顿下来。

时令已是冬日，可没有一丝风，河面暖烘烘的，水草缠绕在卵石上，因水流而摇曳生姿。一切宛如暮春，尽管天气预报说冷空气即将抵达，或许就在今晚。可没有人在乎还未发生的事。

三艘船，一字排开，磕磕碰碰，沿江而下。

父亲坐在第一艘船上。那船上只他一人，他是船长，也是船队的引领者。仔细看，他在那船上的姿势是有些奇怪的，坐卧不安，充满警觉，好像随时准备逃到岸上去。只要危险来临，他就会这么做，只需轻盈地一跳就可脱离险境。

父亲的警觉是有道理的。很多年了，这江面已不再行船。那三艘船在初入水时，颇有些横冲直撞、不知何往的意味，渐渐顺应水性后，倒也舟行水上，畅通无阻了。

谁也没有想到，时隔那么多年，他们还会坐船去那个地方。现在，人们去那里早就不再坐船了。他们可以坐汽车、火车，或自己开车过去，方便又省事。可这次他们是坐船去。他们中很多人在上船之前就已醉意昏沉，一俟坐到那上面，一旦寻找到适宜的位子，更不知身在何处了。

驶离出发点很久，父亲的船依然行在最前头。另两艘船上，舅舅们东倒西歪地躺在那里。他们喝了那么多酒，吃了那么多肉，说了那么多笑话，也该好好休息了。

船顺江而下，沿途不断出现稻田、寺庙、村庄和学校，又一一被甩至身后。一路上，不断有人发出呓语声，好似孩童被人追逐、围攻时所发出的呐喊和求救信号。随着船在江面上行驶速度的加快，它们被风声盖住了，似有若无。

冬日苍穹下，舅舅们横躺在船板上，偶尔随船身晃动更换一下体位，大部分时间纹丝不动，给人一种奇异的镇静感。父亲在小屋里待了二十几年，对外面世界发生的一切一无所知，舅舅们睡梦中模糊而持续的呓语声，似乎让他想起了什么。

一个月前，微雨的午后，父亲看到穿黑雨衣的人跨入院门，眼前一抹黑，差点瘫坐在地上。他以为来了一群计生干部。那些年，计生干部连下雨天也出门，到乡人家里声东击西，或肆意叫嚣着要把所有房屋的柱子都锯掉。每到一处，人心惶惶，宛如灾难降临。

舅舅们站在门厅前，耷拉着脑袋，黑色的身影僵直着，就像一队散兵游勇。父亲看清楚来人后，脸上的惊慌与恐惧慢慢消失了。舅舅们开始挪动步子，向着父亲的小屋走去，似乎那屋子里有他们期待已久的事物，他们就是因此而来。

父亲的小屋永远是黑的，白天和夜晚一样黑，白炽灯幽暗地亮着，灯绳低垂到人的脑袋上方。窗户只是摆设，一些面目模糊的杂物早已将那个孔洞填满；屋内各角落也是蛛网密布，如地窖般幽暗和潮湿。

黑暗中，舅舅们沉默而拘谨地站立着，屋里的空气因这群不速之客的抵达而起了微妙的改变，可没有人察觉它的变化，甚至对自身位于黑暗屋舍之中的事实感到万分茫然。他们还没有从旅途的艰辛中缓过神来。尤其是大舅，他的眼神有些严厉，让人感到他马上就要说出很厉害的话。

父亲双手紧握，低着头，好似在等待大舅的训斥。可大舅只是拍了拍父亲的肩，问能不能在他这里暂住几天。父亲的眼里忽然涌出两行热泪。他对舅舅们说一直在等他们来，他相信他们一定会来的。说这些话时，父亲似乎鼓足了勇气，又好似含着抱怨。大舅不吭声，别的舅舅也没有说话。他们似乎在想别的事情。

四五个男人默不作声，站成一排。周遭暗影幢幢，好似身处黑暗的审讯室里。父亲发现在身穿黑色雨衣的队伍中，除了三个舅舅，还有一个沉默的中年男人，他似乎见过此人，但一时想不起他的名字。他们全都胡子拉碴，头发乱蓬蓬的，好像已经很多年没有回家了。

舅舅们的忽然抵达让父亲开始重新审视自己的生活,以及居住了大半辈子的村庄。这个位于山坡上的村子早已人丁寥落,十分荒凉。房子的后面就是坟墓。年轻人出远门了,老人们没有多余的力气把死者埋到更远一些的地方,况且,一推开窗就能看见亲人墓地上盛开的鲜花也不是什么坏事。

可舅舅们不明白这些,尤其是看见我们家房子后面不远的坡地上居然埋着我爷爷和我奶奶,他们感到愤怒和不可思议。

"你们想想看,人在屋子里吃饭,抬抬头就能看见死人的墓地,这会是什么心情!"第二天清晨,小舅用筷子敲着饭碗,语气里带着愤怒和不可思议。在他们老家,我舅舅和外婆的村庄,那个位于海边的渔村,从来没有人这么做。当然,渔村里的人也并不是全都埋在土里的,更多的葬在了海里!

舅舅们就是因为不愿当渔民,才去了城里当建筑工人。据说他们干得不错,大舅还成了包工头,赚了不少钱,瞒着舅妈在外面包养了一个年轻女人。这些事都是亲戚们私下里传的,传到父亲这里,早已真假难辨了。

父亲很快就意识到,舅舅们似乎在躲避什么。白天的时候,他们不出门,在屋子里睡觉、玩牌、窃窃私语。后半夜他们偷偷地溜出去,在坡地和杂树林里晃荡,天亮之前才潜回屋。有好几次,父亲夜半醒来,发现床铺上空荡荡的,还以为他们已经不声不响地走了。

有一天深夜,父亲忽然醒来。黑暗中,有烟头明灭闪烁的亮光,压低了的谈话声,衣物摩擦发出的窸窣声,近在耳畔。过了很久,连烟草燃烧的气味都消失了,父亲还躺在那里,大睁着眼睛。舅舅们出去了。父亲想不明白，到底为了什么事，他们必须要这会儿出门，他很想对着黑暗中的身影大吼一声，将那些卡在喉咙口的话大声说出来。

黄昏，当林子那边传来猫头鹰的叫声，父亲找到了机会。他告诉大舅，他想去一趟离浦，希望舅舅们也一块去。父亲的语气显得果决，不容置疑，好像那不仅是他的决定，也应该是舅舅们的。

舅舅们在深夜的树林里游荡了许多天后，终于答应了父亲的请求。他们决定去那个叫离浦的地方。那是一个海边集镇，离大海已经非常近了。这个冬天，他们要去那里一趟。

最后关头，大舅却提出一个条件：他们要坐船去！理由是，当年，我的母亲，舅舅们唯一的妹妹也是坐船去的。

这让父亲感到为难。根本没有船。那些造船的工厂都倒闭了，工人们都去干了别的营生。就在父亲苦恼之际，一个曾经开过游乐场的中年男人，瘸着一条腿找上门来。他有船。父亲去看了那些船，与其说它们是船，不如说是筏子更为确切些。

男人说："你听说过独木舟的故事吗？"

父亲摇头。

男人指着那些竹筏说："当年，印第安人就是坐着这样的筏子横渡太平洋的，你能相信吗？"

父亲茫然地望着他。男人眨了眨眼睛，好像在说：如果没有别的办法，你最好还是信了吧。后来，父亲买下那些筏子，将其改造成"船"。这三艘"船"就成了他们去离浦的交通工具。

此刻，舅舅们还处于酣睡之中。上船之前，他们饮了许多酒。那三天里，他们将父亲屋子里所有的存酒都喝光了。下山的路上，他们东倒西歪，差点把自己摞倒在荒草丛中。他们要去寻找的那条河，很多年里已不再通航，可他们有船，那些船就在那里等着他们!

父亲坐在船头。远处的采石场传来爆破声，那骤然降临的声响让他想起很久以前过往的深夜里女人们突如其来的集体哀号。每次听到那种声音，他的心脏就缩成一团，好像要从胸腔里蹦出来!

时令已过立冬，天气晴好依旧。青山、稻田、屋舍、厂房缓慢地后退，父亲分明感到自己是往时间深处溯洄而去。船只行过狭窄的河床，遇到阻隔时，也只是轻微晃动几下，便顺利地航行过去了。舅舅们还在熟睡之中，连日来的狂饮烂醉使得他们意志消沉、疲惫不堪，那些身体在解除了所有戒备之后，比在陆上还要安宁和坦荡。

只有父亲是清醒的。从购船到正式起航，都是他一手操办的。这是他幻想了无数次的航程，每次都因各种原因搁浅。他曾不无悲观地想，这辈子怕是再也不会去那里了。

可那天黄昏，当林子那边传来猫头鹰的叫声，父亲说出了埋藏已久的想法：去母亲那里，再试一次！大舅提出坐船去。他们不能在路上徒步，也不能让汽车带着走……总之，他们不想在人群中行走。

所有曾困扰父亲的念头，在双脚踏上船板的刹那一扫而空。一路上，棕色酒瓶不断发出哐当声，父亲忽然产生饮酒的冲动，它们在他体内刺痛般变得强烈，让他想要流泪和哭诉。但他没有去饮那些酒。当舅舅们狂饮烂醉的时候,他都忍住了。

黄昏来临,他们仍在船上。在河流的上空,星星闪耀如钻石,深凉、寂静,似乎近在咫尺。上岸后,一行宿于父亲的朋友家。主人备了羊肉和美酒。那种当地特产的黄酒,以一座山的名字命名,加温后更为芳香四溢,属不可多得的佳酿。父亲仍是滴酒未沾,主人的劝说也没有用。

那一夜,五个人挤在一张大通铺上,很快就睡着了。

第二天早晨,他们发现一夜之间窗户玻璃上结满了霜花。那些亮晶晶、白花花的东西,如此玄妙、真实。冬天真的来了,村街上,人们缩着脖子,双手插在口袋里,嘴边呼出白色的雾气,走来走去,好像对一切都充满了新奇。

他们兴冲冲地告别主人一家,来到昨日下船的地方。一夜过去,那三艘船仍安静地泊在原地。一行人重新上了船,踏在那冷硬的船板上。天空是昏暗的中灰色,局部是浅灰,隐约透着些亮光。那些亮光,甚至不再刺眼。他们知道,这刚刚变得寒冷的一天,再也不会出太阳了。

他们谨慎地坐到船上,假装闲适地躺下,想要寻找如昨日那般舒适的体位,那种暖烘烘、懒洋洋的感觉,却已经不可能了。一夜过去,水落石出,水面明显低矮下去,卵石变得沉默而冰冷。芦苇丛里弥漫着白乎乎的霜花,河边树枝上悬挂着一些亮闪而模糊的东西,仔细凝望,却什么也看不见了。

父亲仍在第一艘船上,像往常那样望着远方出神。舅舅们早就酒醒了,横七竖八地躺在船板上,眼神迷离,缄默不语。谁也没有想到仅仅隔了一夜,寒冷便降临了。他们还穿着昨天的衣

185

物，那单衣薄衫根本无法抵御寒风的侵袭，越往后必将越冷。况且他们的年纪都大了，大舅已经五十六岁，最小的舅舅也已经四十好几了，特别是二舅，自上了船后，一直咳个不停，好像要把整个肺都咳出来。这些舅舅从小到大始终待在一块，形貌举止越来越酷似，时间在他们身上留下明晰的印迹，一种匀速流动的感觉，你也可以认为其实是那些时间在后退。

水上行舟，更加重了恍惚感。某个迷离的瞬间，父亲甚至想不起来如何坐到这船上，又去往何方；而那些船，一味地顺流而下，根本不需要费一点力气，更加重了这种感觉。

自从发生那件事情后，父亲毫无悬念地步入另一种生活轨迹。他只是活着，还剩一口气，还存一个干瘪而虚空的形体。他的头发渐渐发白，现在近乎全白了。那些胡子，好似感知到了来自头发的信号，它们在钻出体表的时候，也是白的。没过几年，他就成了一个须发皆白的老人。

午后，他们的船搁浅在两座山丘之间的夹角处。一路上，石头的炸裂声总在人昏昏欲睡、毫无防备的时候响起，那声音的源头好似近在咫尺，又给人发生在隧洞深处、危险随时可能降临的错觉。

一座庞大的露天采石场赫然在目。巨大的石块挡住了河道，几乎将整个河床都填满了，他们的船过不去了。连流水声都消失了。

一个男人和他的女人，以及一辆暗蓝色卡车出现在视野里。大半个山头已被挖空，山体裸露，绿色植被消失殆尽，只有灰白、灰红、灰黑色的石头，数不清的石头，像史前大型动物的骸骨一般的石头，堆积如山。

男人和女人的身形都显得格外瘦小，灰扑扑的，好像是从那些石头堆中长出的人形，徒劳活动着，枉费力气，随时可能败下阵来。

父亲垂着手，向石头丛林走去，走得无比缓慢，充满迟疑。当终于与那男人的目光相遇时，两个人都有些震住了。父亲将涌到嘴边的话慢慢咽了下去。男人抱歉地望着父亲，似乎在说：我也没有办法，那些石头自己要跳到河里去，我能有什么办法呢。

小个子男人和他的女人加起来，也比不上那块堵住河道的巨石。反正他们没有办法搬动那块石头，谁也不可能搬动它。

他们能搬动的只有船。

连那瘦小的女人也想要来帮忙，却被男人们制止住了。

六个人，两边各三，立于船身左右两侧。一开始，他们感到体内的力量无处不在，却又无从捕捉，更不用说去寻找着力点。船只纹丝不动。他们哀叹着，徒然等待着，感到凭一己之力根本不可能搬动那些船，船与河水之间似乎已经产生持续的吸力，再也不可能被分开。

就在他们失望懈怠之际，船身却慢慢脱离水面，划开空气，吃力地上升着。那一刻，所有人好似都受了某种东西的庇佑，身上力气源源不断地释放出来，无穷无尽。在搬动船体的时候，他们好像要把自身从地球上搬走，搬到世界幽暗的内部去。

六个人抬着船，绕过巨石，涉过浅草滩，去寻找河水。巨石挡住的前方，河水依然奔流，甚至比之前流得更欢了。江面忽然变得开阔，群山倒映在上面，影影绰绰，有种暮春时节的错觉。

他们一点儿也不感到冷，那些寒冷暂时遗忘了他们。那些船经过一段旱路行驶，一旦落到水里，就显得格外轻盈，在轻微的颠簸之后，毫不费力地往前奔走，似乎从未被阻挡过。

父亲一行气喘吁吁，重新上了船。灰扑扑的男人和女人的身影站在岸边，眼睁睁地望着他们，迟迟没有离开。船开出不久，大舅嘀咕了一句："这俩人不会是哑巴吧，我看着有点像！"

众人彼此相望，默然不语。

大舅又说道："嚯，一个男哑巴和一个女哑巴，真是有意思呀！"

"砰——"船开出不久，身后传来一声响，只有一声，洪亮中带着点嘶哑，再听，便没了。男人女人的身影随着那声巨响再次进入父亲的脑海，女人似乎捂住了耳朵，而男人只是茫然地张大嘴巴，又缓缓闭上。这一幕在父亲的头脑里无意识地上演，他感到惊异，又说不出什么来。

空气中暖烘烘的东西已不复存在。寒意正在加剧，但与清晨相比，又变得可以忍受。如果能在黄昏前抵达柳泉镇，就好了。镇上有服装店，羽绒服和棉袄都有的卖，每人买上一件，足以抵挡严寒了。父亲无法忘记很久以前在柳泉镇度过的夜晚，好像那仅仅是一些气味，一个人但凡需要呼吸，就能持续不断地嗅到。

当年，那些人跟他说，事到如今，除了海水，什么也捞不到了。

大海实在太大，探也探不到底，望也望不到边！

还是算了吧。

……

水面笼着一层清冷的雾。杂树林横在灰色苍穹下,那些树好像并没有自身形体,只是一些单调色彩的叠加,随时可能向船上之人倾倒过来。江水因寒冷而凝滞不动,船行速度也随之缓慢下来。到了日落时分,他们不得不在一个叫岔路的镇上停下。第二艘船上的小舅忽然发烧了。他喘息着,躺在船板上,喉腔里发出哼哧哼哧的声响。脸颊上全是流淌的泪水,好像在他体内空煮着一锅子沸腾的水,那些水不断地从他的眼睛里横溢出来。

慌乱中,一行人将他转移至旅店,给他喂了藿香正气水和退烧药,到了后半夜,体温却升至四十摄氏度。镇上唯一的诊所是一幢三层楼的砖瓦房,值班医生是个戴眼镜的中年人,穿着一件脏兮兮的白大褂,胸前挂着一个听诊器,正在黑白棋盘上进行无声的"厮杀"。看到他们一行进来的刹那,他皱了皱眉头,快速将棋盘收起。

阴暗、潮湿的病房里,小舅躺了三天,护士除了每天定时给他发放冰块,根本没有别的治疗措施。他们去找值班医生,医生说:"这就是最好的治疗措施!"

"为什么不给他用药?"

"——我们给他用了冰袋。"

"除了冰袋,他还应该吃药。这样才能好得快!"

"——我是医生,我知道该怎么治病!"

"医生,他真的应该吃药,他需要快点好起来,我们还有急事要办!"

医生迈着方步,傲慢地走开了,或许是去下棋了。

他们去找护士,护士告诉他们诊所里只有两名医生,另一名正在休假中。他们自己去药店里买来退烧药，又不敢给病人吃，生怕惹出更大的麻烦。小舅躺在充满老鼠屎气味的病房里，流了三天热泪，慢慢地，高烧退去，一度出现的谵妄状态也随之消失，但再也不能跟着船队继续奔波了。

舅舅们待在散发着怪味道的旅店房间里，为何去何从争执不休。当争执进入白热化阶段，作为领军人物的大舅便以大吼大叫代替轻言细语，甚至不惜以摔杯子来表示抗议。

争论进行到第三天，父亲走出旅店，走到外面的街衢上。这个叫岔路的镇子，是山路驶往海路的必经之地。那些坑坑洼洼的碎石铺成的小路，像碉堡一样的石头房子，低矮的土墙上摆着一盆盆长刺的叶片低垂的绿色植物。这里的人们面孔瘦窄，颧骨高耸，肤色深黝。所有这一切，都让他有种在流放途中的感觉。

旅店里的争执终于落幕。二舅被留下来照顾小舅，而那个名叫阿满（父亲终于想起他的名字）的中年男人则被打发回家，阿满深黝的脸因为愤怒而涨得通红。

他还在和大舅理论，说什么也不愿回家。

"你去那里干什么呀！那里什么也没有。那不是一个能钓到海鱼的地方。你想错了。我敢说，那地方除了冰冷的海水，什么也不会有！"

"阿满！你什么脑子也别动，赶紧离开这里！走得越远越好！"

阿满离开了。大舅喝完一瓶啤酒后，又打开第二瓶。他脸庞发红，眼睛里布满血丝，显然醉得不轻。夜深了，窗外传来水声，也有可能是风的声音。

重新出发的当天晚上，大舅搬到父亲房间，与其进行了彻夜长谈。第二天一早，他们同船离开岔路镇。一名浣洗衣物的妇人看见一只竹筏子从她面前哗地一下掠过，她望见那上面的人将脑袋埋藏在衣物当中，像两只重新变得沉默的候鸟，正在去往陌生之地。

江面上只剩一艘船了，船上只余父亲和大舅两人。它在水上无声而轻盈地行驶，一次次，随着流水更改航道。船只日夜奔流，似乎是去履行什么使命，这曾遭延宕的使命如今变得刻不容缓，一日也不能耽搁。

俩人相对而坐，开始饮酒。父亲精心准备的酒液终于派上用场。他们眯着眼睛，醉醺醺地望着沿途风景，冬日里流水依然清澈，声响清越，宛如琴声悠扬。

有一日黄昏，他们的船驶过很深很深的水。它被托举着，高高地位于堤岸之上，好似要进入一个未知的水域。水面平静，可以望见深处；水底的沙粒、水草、卵石，在明亮阳光的照耀下，鲜活生动。

父亲忽然说起昨晚的梦境。母亲回来了，她去河边菜地给他们新种的土豆浇水，她的布鞋踩在青草地上，因为刚从河边回来，那些脚印还很潮湿。她身形苗条，穿一身绿衣裳，是那种湿透了的绿，黑发也湿漉漉的，比二十年前还要年轻，显得光彩照人。

父亲说："可她不回家。"

"无论我怎么喊她的名字，叫她回来，她就是不理我！"

"那一次，你应该回来的！你究竟是因为什么不能回来！你应该回来的!"父亲忽然冲着大舅咆哮道。

大舅好似刚从梦中惊醒,他茫然地望着父亲,望着父亲身后的某个地方,那是一片荒芜的树林,他们的船只正缓缓行过那里。当他们的船只经过,所有树木的颜色一律变得惨淡。

大舅嗫嚅地说:"我出事了,我的钱被他们骗光了。真的,那时候,我过得很惨,没有钱,什么都没有,我甚至想自杀。"

父亲眼神平静,缓缓掠过水面,并无任何悲戚感,好像那些往事并不能拿他怎么样,此刻真正困扰他的是别的事情。

天渐渐暗下来,他们听见湖水冲击岸边树枝发出的哗啦声。这是一片陌生的水域,迎面刮来的风有些异样了,或许离海域更近了,风把那里的生息刮了过来,一种咸涩的气味笼在人身上。

父亲将残留的酒液倒进江水里,开始诉说起往事来。

"那是一个冬天的早晨,刮着大风。她穿着一身花棉袄,包着头巾,要出门去。本来,她是不想出门的,可计生干部天天找上门来,躲也躲不掉。她决定去娘家避避风头。那时候,去那里只能坐船,她一个人坐船去,还不让我送,说怕被那些人发现。对,没有人送她,她是一个人离开家的。

"当船沉后,他们告诉我,根本找不到人,大海茫茫,无处可找!到现在都不知道那船是怎么沉的,有人说是因为船上装了太多东西,也有人说是因为刮大风。据说,有一户人家的妈妈和两个女儿都在那船上,男人哭得死去活来,在地上打滚。我还从来没有见过一个男人哭成那样。

"后来,下起了大雨,连着下了好几个星期。我天天站在海边等消息,他们叫我先回去,我当然没同意。后来,是我自己不想找了。我想,即使找到也不成人样了,那就让她永远留在那里吧。没过多久,我就在同意书上签了字。有人是在半年或一年之后,而我三个月就签了字。我带着一口袋的钱,回家了。

"几个月前,我梦见了她。她说一个人待在水里很冷,下面黑乎乎的,没有阳光,什么都看不见,什么都没有。"

听到这里,大舅怕冷似的蜷缩成一团,什么话也说不出来。

"我知道你们出事了,到处东躲西藏,实在没地方去了才跑来找我。我就想你们或许愿意跑这一趟,过来看看她。

"她实在是一个人待得太久了。"

黑暗中,父亲的脸显得怪异而清醒,好像被什么东西附体了。

他们的船行过一片芦苇荡,风把摇晃的苇叶弄出飒飒声,一只黑色水鸟飞过头顶,好像是从阴影处升起,瞬间便消逝了踪迹。

父亲顿了顿,接着往下说。

"其实,这二十年来,我一天也没有忘记过她。那些用她的命换来的钱,我一个子儿也没花过。它们被我藏在枕头里。可现在,一切都不值钱了,什么东西也买不到了。

"她要是知道了,准会怪我的,说我连日子都不会过,白白浪费了那些钱。"

父亲苍老的脸庞上有种痛惜的神色,似乎仅仅是为了那些遭贬值的纸币而哀伤。

大舅抱着头,瘫坐在船板上。

那个晚上,他们宿在一个叫新河的镇上。那里离大海已经相当近了。街巷的商铺里售卖各种海产品。空气中都是鱼腥味。馄饨里除了猪肉外,还包着虾米。

他们进入一家小饭馆,挤在一张脏兮兮的餐桌前。嘈杂的空间,陌生的方言土语,人满为患。食物的香味在那种空间里飘荡,荡人心魄。上桌的有龙头鱼、望潮、野生墨鱼等当地小海鲜。它们看上去那么鲜美,不愧是来自大海。大舅说:"接下来,一路上都是好吃的。越靠近大海,好吃的东西越多。"大舅一改船上的缄默状态,忽然变得絮叨起来。父亲似乎也被此感染,露出了久违的笑容,大概是到嘴的美味抚慰了他疲惫的身心。

大舅说:"没有人能抵挡得住美食的诱惑。你瞧我在外面胡吃海喝了那么多年,身体已经吃垮掉了,可我还是想吃,怎么也吃不够,并且老是感觉自己从来没有吃饱过。"

饭馆外面,天完全黑了。他们的船只停泊的地方也一片漆黑。他们暂时忘了那艘船,忘记了此行的使命。

父亲也饿了,好像饿了很多很多年。一个饥饿的身体会变得很空很空,空到能听见回声。此刻,他只想将那个空洞填满,让那些回声消失。

他在填饱肚子后,给我打了电话。那时我刚从地铁口走出来。电话里的父亲因为兴奋显得有些口吃。或许,他只是因为吃得太多了,那些美味佳肴将他埋藏心底多年的话都顶了出来。

父亲的语气好似要向我宣布一个激动人心的消息。可一阵迟疑之后,他只是告诉我,他到新河了,那里的空气中都是鱼腥味。离浦已经不远了,他们马上就要到离浦了。他们的船一定会抵达那里的。

电话里，父亲说了很多。他从来没有和我说过那么多话。如今，那些话我一句也记不得了。我想起自己已经很多年没有坐船了，那种叫"船"的交通工具已经让我感到相当陌生了。那天晚上的梦里，我也坐上了父亲的船。在得知父亲出航的消息后，我守在路边，看着船只远远地过来。它浸着水，映着波光，在逐渐变浅的江水中行驶得如此平稳，毫无吃力之感；它如此从容，似乎没有任何外力的作用也能徐徐行进。

穿过一条荒草丛生的小径，我来到河边，轻快地步入父亲的船。小船继续行驶，并不因多承载一个身体而显得笨拙。

船上坐着父亲、大舅和我。好像一直以来，它都是承载三个人，一个也不多，一个也不能少。

这天余下的时间里，我们的船驶过别人的村庄。梦里的我还知道在某间寒冷的屋子里，住着一些孤单的人，他们一无所有，失去了所有亲人。

父亲坐在船上，在他身边是逐渐变得冰冷的水。那些水因离大海越来越近而带着咸涩的气息。它们可以把一艘大船升到空中，也能够将一个溺亡之人藏进水底。

或许，我们的船在水面上漂浮了太久，梦里的时间就像一个梦，变得无限遥远。直到冰的出现。河水停止流动，凝固成一幅画。浮叶落在冰面上，好像从冰里长出来。它们和流水一起冻住了。谁也不知道是什么样的力量让那些水不再流动。一只黑天鹅站在冰面上，脑袋低垂着，与自己的倒影形成一种颇富意味的对应关系，似乎是在打量冰下的自身，也有可能是在看着我们。

我从船上下来，试探性地走到那冰面上。我步伐缓慢，左顾右盼，冰层并没有碎裂，还显得颇为坚固，就像道路那样坚固。

父亲也相当谨慎，只沿着河床的边缘行走，而且走一步，停三停，似乎一旦出现险情，便可快速撤退到岸上。

只有大舅站在原地，和那艘船站在一起。

不远处的船成了一件无用之物。没有水。那些水被完好地藏在冰层底下，它们依然流淌着，还将流到很远的地方，那是船只所无法抵达的。

冰上的光线强烈而耀眼，白色的光欲刺破冰面，然而做不到，只能加倍返照到人的眼睛里。父亲低着头，试图透过冰层找到水，可没有水。那些水好像使了隐身术，集体消失了。他眯着眼睛继续往前走，他的动作非常缓慢，不仅缓慢，还充满不安。他好似在寻找那些残骸，它们藏在所有的窟窿和深渊里，引诱幸存者前往。

那一刻，我居然相信父亲会找到他想要的一切。

梦醒之前，我听见大舅对父亲说："结冰了，我们到不了离浦啦。我们去不去那里都没关系，小梅不会怪罪我们的。"

"天气那么好，我们还是赶紧回家吧！"

带姐姐回家

很多年前,我在一个叫"岔路"的小镇上,摆摊售卖救生衣。它们是父亲生意失败的遗留物,小山似的堆积在家中阁楼上。那次活动由祖母策划,她叫了村里一位伶牙俐齿的妇女帮忙,货源我们出,赚钱后五五分成。对方很是兴奋,以为世上没有卖不出去的东西,关键是价格。我们的摊位先是摆在学校对面的马路边,之后又挪到离大河不远的地方,用那个人的话说,有河的地方就有危险,有危险的地方自然需要救生衣。我们把价格从十八块压到六块,就差以大喇叭广而告之,但就是无人问津。那些人从我们面前走过,瞅一眼那写着"大减价"的纸牌,带着不以为意的表情快速离开;或者在我身上好奇地打量一番,头也不回地走掉了。

那位镶着钢牙、说话时唾沫星子乱飞的妇女,在自己吆喝无效后,劝我也动动嘴皮子。说这话时,不远处正好走来一群我的同龄人,我立即羞红了脸,好像做坏事被逮个正着。他们离开后,我试着张了张嘴,又张了张嘴,还是没有发出任何声音,好似那声音一旦由声带震颤着传出,就会面临灭顶之灾。在学校也是如此，老师让我上台讲故事，我的声音比蚊子叫还轻，连我自己都听不见。

我们不仅没有卖掉半件救生衣，还白白浪费了车钱。到家时天已黑了，祖母看见我，欲言又止。后来，她对邻居老太太说，这孩子胆儿太小，应该多出去见见世面。早年，父母还在家，哥哥也没有外出打工，爷爷还是那个大嗓门儿、活蹦乱跳的老头时——她可从来不说这样的话。她总觉得我还小，慢慢来吧。现在，她年纪越来越大，自从得了一种迎风流泪的眼疾后，视力更是每况愈下。我不仅是她孙子，还成了她的眼镜、拐杖和跑腿的，但凡有什么事，总让我出头。她总是说，要是哪天她死了，我也应该学会自己过日子。

那年冬天临近年底时，父亲托人捎来口信，说今年春节会和母亲一起回家过年。我和祖母都不敢相信这是真的，尤其是祖母，白天忙着打扫卫生、置办年货，到了晚上唉声叹气，生怕说好的事情突然变卦。

那是学期结束的一天，我从学校回来，准备在他们回家之前把作业写完。就在我抓耳挠腮之际，祖母忽然说起姐姐，说着说着，她涕泪交垂，不能自已："那个女人不是你姐姐，你姐姐不是这样的！"

一个月前，我在学校上课时，姐姐回来了。她和一群妇女去附近湿地上寻找一种能编织草帽的植物，据说，那种植物的花柱很像一根香肠，只在某些特殊地域里生长。姐姐站在祖母床前，拉着老人家的手，哭哭啼啼，说那户人家的父母对她很不好，丈夫又常年在外打工，所有重活都落在她身上。她不仅要包揽所有家务,还要出门赚钱。冬天天不亮就要起床,夏天更惨,汗流浃背,没有一点儿休息时间。她倒在祖母怀里抽抽噎噎哭个没完,直到被同来的妇女强行拉走。拖拉机停在村口,她们要去干活,等不及了。

祖母说:"那个女人不是你姐姐。"

"她有一双大手,你姐姐的手没有那么大。"

"她一定不是你姐姐!"

是不是姐姐,当奶奶的眼睛看不清楚,难道耳朵还听不出来吗?如果不是我姐姐,又会是谁?哪个不相干的人会跑来我家诉苦?鉴于祖母老眼昏花,经常认错人,我并没想那么多。

在我还小的时候,姐姐就嫁到海边渔村了。上一次回家还是六年前。姐姐来过之后,家里多了很多海苔和虾米,足足吃了大半年。

祖母经常叨念那些海苔和虾米的滋味如何好,比集市上卖的好吃一万倍。可说着说着,祖母就抹眼泪,好像那些美味的海苔和虾米招惹了她,让她愁眉不展。镇上也有来自海边的商贩,除了海苔和虾米,他们还卖鲞鱼、墨鱼干、鱿鱼丝和长长的沾了白霜的海带。有一天,我给祖母买来海苔和虾米,还有她喜欢的鲞鱼,可看见这些后她哭得更厉害了。我不知道她什么时候变得如此多愁善感,从前看越剧《红楼梦》,她最讨厌的就是林妹妹的眼泪。那天,我坐在饭桌前数着碗里的米粒,想着等会儿去哪里玩儿,又被祖母的泪眼婆娑吓了一跳。

"你说,姐姐对你好不好?"

"要是她遇到什么困难,你是不是得去救她?"

"你是男孩子啊,这种事情就应该男孩去做!"

我知道接下来她会说什么。可我除了几年前去岔路镇卖过救生衣,尚未出过远门。再说岔路镇并不远,一个多小时就能来回,而姐姐的渔村属另一个县管辖,我对怎么去那里、两地相隔多远等问题都一无所知。

祖母说她可以给我十块钱,让我带着在路上花。还有,我不是一直想看大海吗?那个村子就在海边,在看到姐姐之前就能看见大海。

离过年还有十一天时,我踏上了去往姐姐家的路。我将小松鼠偷偷藏进右侧口袋里——另一侧口袋里装着核桃、花生和瓜子,书包里还藏着三个鸡蛋、五张烙饼、十块钱。祖母让我在找到远房表姑之前,不要把食物吃光、把钱花掉。她还告诉我,表姑住在一个叫横渡的村子里,只要找到她,就有办法了。

我到村里小卖部买了大大卷、彩虹棒、花生芝麻糖,把左边的口袋撑得鼓鼓囊囊,又将核桃和花生掰成碎末,喂给小松鼠吃,自己一路吹着泡泡糖,哼着《卖报歌》。松鼠是我在后山玩耍时捡来的,发现时已奄奄一息。我用米糊和奶粉把它救了过来,此后,无论去哪里都带着它。只要有吃的,它就从来不发出叫声,好像挺习惯我乱糟糟的课桌洞、散发着花生和核桃气味的暖烘烘的衣兜——并将它们当作自己的家园。它还太小,一天到晚除了吃,就是睡,偶尔睁开眼睛,很快又享受地闭上。我很难解释自己的行为,为何要带一只小松鼠出门,它既不像大狗那样能用来壮胆,也不能在关键时刻助我一臂之力。可我喜欢摸它毛茸茸的后背,就像摸在一条很软、很光滑的毯子上。它滴溜转的小眼睛好似两粒圆滚滚的黑豆，吃东西时会用前爪抓着食物，嘴里发出"咯吱咯吱"声，双眼直愣愣地望着你，耳朵却警觉地竖起——明明做出提防动作，其神情却近乎撒娇与卖萌，让人忍俊不禁。总之，有这样的小可爱陪着，即使独自出门在外，大概也不会那么孤单了吧。

走出家门，走过空荡荡的学校门口，赤脚医生的诊所前一个人也没有，晒谷场上也没人。学校放假了，天气又冷，他们一定躲在被窝里了。偶尔有骑自行车的人从我身旁经过，还没等我看清他们的脸，就一阵风似的刮过去了。我很想在这时候遇见一两个熟人，最好是同班同学，他们坐在父母的自行车后座上，大声喊我的名字："×，你要去哪里呀？"

去海边，看大海去！我会把"大海"这词儿卷到舌尖，再狠狠地抛掷出去，让它们发出震耳欲聋的回响，就像浪花对礁石所做的。等他们明白过来，肯定会哇啦哇啦地叫喊着，恨不得从那自行车上跳下来问个究竟。我想让他们注意我、羡慕我，甚至嫉妒我。作为插班生，我的板凳是破的，课桌摇摇欲坠，而最累最脏的活永远属于我。即便如此，还经常被老师罚站、罚抄写课文，放学后不准回家，我默默忍受着这一切，对家人只字不提。残酷的现实未能击退我的学习热情，书本世界宛如隐秘阁楼，慢慢成为我的庇护所。原本我们以为大海是蓝色的，像天空那样蓝，像蓝色布缎那样蓝，也像一种罕见的蓝色花卉（我只在某座山上见过一次）那样蓝，但自从在老师的带领下读完《大海是什么颜色的》这文章后，我彻底蒙掉了——大海究竟是什么颜色的？全班四十五个人谁也没有去过海边，包括我们的老师。

就在我满脑子想着大海的模样时，眼前忽然出现两条一模一样的路，像分叉的树枝位列左右。我犹豫片刻，想起祖母的叮嘱，"你要一直往左走，不要去右边的路"，这还是姐姐告诉她的。当年，我的姐姐就是被敲敲打打的队伍送到左边的道路上。

我从来没有走过左边的路，集市、卫生院、外婆家都在右边，那条路上有我熟悉的风景，无论走多远都能自己回家。而左边属于陌生的远方。左拐的刹那，我下意识地回头望了望，什么事情也没发生。很快，我发现这条靠左的路似乎更热闹些，房屋、厂房、诊所、小店里好像隐藏着更多的人，更浓郁的欢声笑语。鞭炮声此起彼伏，在山谷之间回荡，营造出过年的气氛，不全是欢乐，还有隐隐的不安。

不久，我离开大路来到河边。那是一条很宽的大河，河水并没有涨满河床，只在中间流淌着。清浅而微弱的一横。阳光下，无数莹亮的东西在水面跳跃、闪烁，还有数不清的卵石、细沙祖露在天地之间，银针似的莎草也出现在沙地和水面的交界处。但我眼里只有卵石，或圆润或别致，或粗犷或细腻，最喜欢盈手可握的那种。我蹲下身拣拣丢丢，有种找到宝藏的兴奋感，总有几款适合打水漂，我用它们击打出七八道水花，或许更多。

我不断下蹲，挥舞胳膊，以恰当的力道甩出，水花一路绽放到河对岸。那些像瓦片一样扁平、匀称、轻盈的石块最能拉伸出华丽、迷人的水线，瞬间的折叠、翻卷、跳跃之后，汇成声势浩大的水上运动。

时间一点点过去，我感到自己也随着那些石块习了轻功，在水面上轻捷、自如地行走。直到一阵刺骨的寒意将我拉回现实世界,我的双脚滑入水中,寒冷像针扎进我的皮肤里,鞋子湿透了,裤脚沾了淤泥,似乎有什么拖着我,要将我拖进一个冰冷的世界。

我不顾一切地奔跑着,此前埋藏在心底的恐惧逐一浮现,一颗带黑色毛发的头颅似破败的卷心菜,漂浮在水面之上,一路追逐着我。有东西坠落在地上,但我已顾不上去捡。童年深夜里爷爷讲述的恐怖故事适时出现,一个偷鸡贼把鸡雏闷死在竹筒里,它们发出婴孩般的求救声;一户人家在亲人死后要进行撵鬼仪式,死者生前坐过的摇椅忽然发出莫名其妙的咯吱声;溺亡的孩童化作浮萍或水草,藏在水下,伺机拖拽住玩水的人。我的心全然被恐惧罩住,好似湿布裹身,差点儿无法呼吸。

就在那时,口袋里的松鼠发出持续的尖叫声,就像一个人在紧要时刻发出疯狂的求救信号。我瘫坐在路基上,手里抓着一蓬杂草,放声大哭。车辆路过扬起的尘灰,弥散在半空中。临出门时,祖母改变主意,让我一定要带姐姐回家。她差点儿说,如果我做不到这些,就不必回来了。她一次次梦到姐姐,那些梦榨干了她的身体,让她形销骨立。她开始像男人那样抽烟,抽几毛钱一包的劣质烟,把手指甲都熏黄了,棉絮被烧出黑乎乎的大洞。每个看到她的人都不由得担心,这个枯槁的身躯会不会化作一股青烟飘走。

往左走,左边再往左——所有遇见的人都指着同一方向。一路上,零星的鞭炮声不断炸响,迎亲的队伍从我身边经过,拖拉机上载着新娘的嫁妆,所有家具物什上都扎着大红花,喧嚷着向远方驶去。我路过那些村子,疯子站在高高的树杈上乱喊乱叫,他的母亲在地上仰着头,张开双臂——就像一只惊恐的大鸟,唯恐他坠落,或就此飞走;男孩赤脚从我身旁跑过,他的父亲捏着棍棒在后面追得气喘吁吁;年轻女人端着洗衣盆,往河埠头方向走去。

往后的日子,所有这些从我身旁经过的人,我再也见不到了;而他们,永远也不会知道我是谁,所为何来。我第一次意识到,任何一个平常日子都有可能是他在人世的最后一天;而无论多么强烈的感受,除了自身,别人都可能对此一无所知。想到这里,我忍不住感到悲伤。

暮色降临之前,我来到横渡村,被一个男孩带到村子西边。拱桥那头,一幢两楼两底的水泥砖房屹立在荒地里,建筑的主体部分似乎刚刚完工,脚手架还没拆,外墙裸露着,生石灰和红砖的气息扑面而来。水泥地面暗淡粗糙,坑洼不平。窗户像个破洞,临时扯了块红被单挂在那里,随风飘荡。我从未见过这样破败的新房,比老房子还要荒凉。一个身材矮胖、面相和气的中年妇女站在门口清理杂物,这个女人就是我表姑——我祖母大哥的女儿,我父亲的表姐。她家里,刚刚经历了一场劫难。新房还未完工,老房子意外着火,摧枯拉朽般,一夜间全烧没了。始作俑者是家中九十几岁的老祖母,火星从灶房里蔓延开来,瞬间吞没了整座木头房子,还好只是两间孤零零的破房。

"没了就没了,正好可以住新房呀,你说是不是?"表姑的乐观让我诧异,要是祖母摊上这种事,还不知哭成啥样了。

那天晚上,我跟随表姑来到一个村民家吃饭。我站在饭桌前,没看清楚什么是什么,夹着了就往嘴里送。

晚饭后，天完全黑了。我睡在新房二楼朝北的房间里。表姑给我找了一张席子、一条被子、一个塞满旧衣服的枕头。没有床。四周是裸露的砖墙，伸手就能摸到家具的腿，我呼吸着水泥和石灰的气息，就像宿在荒野里。松鼠在棉被上蜷缩成球状，偶尔发出几记慌乱的咯吱声。

有一年冬天，爷爷带我去参加一个远房亲戚的婚礼。路途遥远，不能当日往返，主人安排我们睡在大通铺上。到了深夜，耳边响起此起彼伏的鼾声。我右边睡着爷爷，左边躺着酒气熏天的男人，男人的左边半坐着个斗鸡眼的老头，再过去是一个与我年龄相仿的男孩儿。房子在马路边上，汽车头灯的光柱在白墙上来来往往，一会儿消失，一会儿出现。

我看了一夜的幕布电影。

入睡前，我鼓起勇气与表姑诉说祖母的眼疾、姐姐奇怪的回家之旅、亲戚们五花八门的揣测，请求她带我去一趟姐姐家。姐姐住在岛上，那里的人像种水稻一样种植海带，也像收割花生那样收割牡蛎和蛏子。这些关于海带、牡蛎和蛏子的话，还是祖母告诉我的。我觉得有趣，就记在心里。没想到，表姑被我的胡说八道逗笑了，但她只是大笑着，并没有纠正我。

那天夜里，她反复说着这几件事。

"你姐姐是个好姑娘。

"三年前，我去岛上卖板栗，她抱着孩子坐在家门前。我答应她，卖完栗子就去她那里过夜。后来，家里有急事，我提前回来了。"

我问表姑有没有照片，我想看看那里的房子、树木、田地和道路。表姑说照片原本是有的，但该死的大火把很多东西都烧没了。再过几天,她的儿子就要带未婚妻回来探亲,可家里连一张像样的床都没有。

可祖母不会知道这些。她什么都不知道。她已经很多年没有出门了。在我的记忆中,她的活动半径很小,从家到河埠头,再由河埠头回到家。爷爷在世时是她的跑腿。如今爷爷不在了,这活儿自然落在我身上。当然,我也可以跟她说我去过了,但没有见到姐姐。姐姐不在那里,出去打工去了,他们会转告她,叫她回家探望祖母。

我梦见姐姐。她站在一艘只有一块舢板的船上,而我在岸边;我感到自己随时可以跳上去,这桩现实生活中很容易办到的事却怎么也无法在梦里完成。毫无征兆地,船上的人忽然变成祖母,她双手拍打船板,脸庞扭曲,声嘶力竭,对着我骂骂咧咧。她的声音越来越低,随后哽咽着,持续的哽咽声演变成断断续续的抽泣。

梦醒后,我感到自己的身体成了碎片,某一部分还残留在梦境里。我从地上爬起来,走到破洞似的窗前,一夜之间,铅灰色云层将天空铺得严严实实,太阳早已消失无踪。风灌满大地,像一首无所不在的呜咽曲。变天了,可能要下雪了。屋子里到处都是缝隙,冷风无处不在,不能再待下去了。就在那时,我发现松鼠不见了,可能是昨天夜里跑掉的。屋里太冷,它跑到一个暖和的地方躲起来了。也有可能是核桃和瓜子都吃光了,它去别处找吃的了。一想到再也看不见那黑豆似的眼睛、柔软的毛发、降落伞一样的尾巴,我的心一阵刺痛。

屋外,云层低垂,风四处乱窜,刮得墙头上的枯草直哆嗦。

天地之间好似有一股蛮横的力量挤压着身处其中的人,要把他们抛到一个真正的荒野里。表姑不知去哪儿了。我在陌生的村街上游荡,看到那场大火肆虐后留下的废墟,黑色的橡木横七竖八地躺在泥地上,散发出浓郁的焦臭味。不远处的空地上,有人在杀猪。我钻到围观的人群中。那头猪已被四五个壮年男子按在板凳上,还没死绝,仍在哼哼着,脖子上的血汨汨往外淌着,一开始还是热的,冒着气泡,被接到不锈钢盆子里后,瞬间就冷掉了。屠夫的围裙上全是血污,袖套上也是,他眯眼笑着,嘴里叼着烟,走来走去,打量着自己的劳动成果。旁边木桶里的热水早已准备就绪。所有人脸上洋溢着相似的表情,站在那里,等着看最后的"开膛破肚"。这样的场景,从小到大,我看过无数次,可这一次似乎有什么不一样了。我盯着板凳上四脚朝天的猪,它睁着眼,眼睛发白,好似在用最后一点力气打量这个世界。他们已经松开它,大窟窿眼里的最后一点血也已流尽,不锈钢盆子被人端走了。但我感觉它的身体还在微微颤抖,鼻端仍存有微弱的气息,它并没有死绝。我眼前晃动着一个画面,那头猪忽然从板凳上一跃而起,撞倒木桶,撞翻人群,一路奔跑和哀号着,试图闯出一条血路来。就像电影里那些中了数枪的勇士,在最后关头,仍有出人意料的壮举。我站在那里,等待那一刻的到来,直到他们将肥硕的身体扔进木桶里,水花溅在肮脏的泥地上,仍然动静全无。猪的肚子被打开,他们不断从里面掏出东西,好像怎么也掏不完。

那天晚上,表姑告诉我邻村有个老人要出远门,可能要路过姐姐的村子,如果我愿意,可以跟他一起去。老人以前是渔民,对那一带非常熟悉。

"老人是去走亲戚吗？"

"他没有亲戚在那里。"

"那么，他是要去那里卖东西喽？"

"他也没什么东西可卖。"

表姑告诉我，老人穷得叮当响，所有积蓄都被两个混账儿子骗光了。可能，他就是想出去走走吧，或许是去找老伙伴诉诉苦。毕竟，他在那一带待了很多年，很多老朋友都住在那里。

第二天一早，表姑送我到村口，老人已经等在那里了。他牵着一头山羊，那山羊眯着眼，嚼着什么，不断有白沫从嘴角淌出。老人背着一只泛黄的牛仔包，在乡村没有老人背那种包，可能是家族里某个中学生淘汰下来的。老人头发花白，脸庞冷硬，沟壑纵横，那对坚毅的眼睛给人凛然不可侵犯的威严。至今，我仍无法忘记那张脸，它在某些时刻闪现，就像无法解释的梦境。

那遥远的冬日上午，我跟在老人身后出发。云开雾散，阳光普照大地，一扫昨日的阴霾。山羊慢悠悠地走在我们身边。有时候，它会忽然停下，或啃食路边野地里的青草，或拉下几粒羊粪蛋。它经常磨磨蹭蹭，待在某个地方不愿离去，尤其是当遇到一条清澈的、会唱歌的小溪时，更是挪不开步子。老人并不催促，似乎愿意满足它的任何要求。我们走走停停，就像郊游。某些时刻，当我想起那只逃离的松鼠，一阵恍惚感袭来，好像它的存在已是上辈子的事了。一路上，很多人把我和老人当成爷孙俩，问我们要去哪里。老人只是嘿嘿笑着，并不作答。有时候，那头山羊会"咩咩"地叫上几声，算是回应。

我们小心翼翼地把山羊赶过大河。很难想象冬天的大地上还有如此凶猛、所向披靡的河，泥沙俱下，奔流入海，没有什么能阻挡它。与它相比，之前那条让我停下打水漂的河简直算不了什么。我俯身捡起一粒石子，将它扔了出去，这粒留有我手温的石子或许会在下游的出海口与我再度相遇。那时候，大概谁也认不出谁了。我走在老人身边，这个面目黧黑的老者很像我死去多年的爷爷，他们除了都有一张皱巴巴的老脸，连背影和步态也如此相似。

路过一个屋顶上压满石块的村庄时，老人让我等在古樟树下，他牵着山羊进了羊肠般的碎石小路，往村子的纵深处走去，好似走进一条幽深的峡谷。出来时，山羊不在了。他一脸轻松地告诉我，他把它留给一个朋友了。

没了踟蹰不前的山羊，我们的步子不觉加快。大海越来越近，空气中弥漫着微妙的甜腥气，与陆地、山林全然不同的气息。此刻，如果有一座山头可以让我眺望来路，大概会感到不可思议——居然走过了那么长的路。还是祖母说得对，一个出过远门的人很少为自己的事情感到悲伤，因为这世上到处都是让人悲伤的事。

这些都是后话了。

我们宿在一个叫"桃渚"的村子里，老人的渔民朋友就住在这里。村子很矮，大都是平房，最多一层半或两层。我们来到位于高处的坡地上，一间木头房子孤零零地站在那里，四周是平缓的山地与矮树林。

昏暗的灯下，两张黝黑的脸庞碰在一起，唾沫星子飞溅在一起，笑容像盛开的菊花瓣在他们脸上绽放。木柴被塞进炉灶里，火焰让它们相遇、碰撞、噼啪作响。屋子渐渐变得暖和，回荡着好闻的松木和杉木的气息，存放在谷仓里的美酒被取出用来款待远道而来的朋友。夜深了，他们摇晃着身体，说一些醉醺醺、漫无边际的话。黑乎乎的墙壁上挂着渔网、钉耙、蛎刀、三角锄，还有一副长长的鱼骨架，就像一节没有打开的拉链。

没有床，我躺在屋角的躺椅上，迷迷糊糊。爷爷喝醉酒后也这样，嗓门震天响，还咋咋呼呼，用祖母的话说，好像身体里住进一口破钟。爷爷年轻时卷入一场战争，被胁迫着赶往一个遥远的岛屿，最终他从那里逃回来。关于逃跑途中发生的事，即便喝醉酒后，他也守口如瓶；当被逼问得急了，他就像个女人那样嘤嘤哭泣，惹得祖母破口大骂。

我分明感到爷爷就在身边，坐在喝酒的人当中。他之所以在那些夜里咋咋呼呼，只为了讨一杯酒喝，当如愿以偿，胡子和衣服上都沾满酒液后，便心满意足地睡去。不知从什么时候起，我也喜欢上了那味道，曾偷偷地拿起酒瓶喝过几口，有些冲，有些辣，有些微甜，根本无法用语言描述那种感觉。我吧唧着嘴巴，身体开始腾云驾雾，很快便睡着了。

第二天一早，我被人猛地推出睡梦，睁眼一看，老人正站在床前看着我。他的神情有些迟疑，欲言又止。我们离开的时候，屋子里的人仍在呼呼大睡。我们走出低矮的木屋，走到高处的坡地上，再从坡地上下来，穿过狭窄的石子路，来到河上的木桥头。我们继续往前走，没有停留。清晨的河面笼着白雾，村子里的人还在睡梦之中。老人大踏步走着，步态沉稳、有力，好像要去完成什么重大使命。我跟在后头，追得气喘吁吁。

老人身无一物，肩上的牛仔背包已不知去向。

我在村外的滩涂边追上他。

"喂，你的背包丢了！"

"不管了，快跟上。"

"你不要它啦？可你的东西还在里面啊！"

"不要了，用不着啦。"

老人甩着手，朝前走去，姿态从容，动作利落，移动的双脚好似船桨，在空气中划出条条缕缕的痕迹，所剩不多的几缕灰白色的头发，展示出它强大的意志力。他心无旁骛，专注于脚下之路，好像一旦有所犹疑，一切努力就会化为乌有。一路往东，耸峙的山脉变得舒缓和平坦，岩石陆续出现，滩涂取代稻田往看不见的远方延伸。我知道大海就在眼前，它随时可能出现。或许，滩涂的尽头就是海，一个叫"大地"的村子就在其中。

那一刻，我忽然感到害怕，心脏跳得厉害，四肢也跟着颤抖起来。我蹲下身，再次意识到此行的使命，我不是来看海，更不是出来玩。我好似被一股力量不容分说地推至前台，就像当年被老师叫到黑板前当着全班同学的面解一道数学难题时，不得不木棒一样杵在那里，拿粉笔的手在颤抖。

姐姐的身影，早已成为遥远往昔里一抹朦胧的光影。那一年，十五岁的她背着三岁半的我去邻村看电影。回家路上，我不小心栽到一条水沟里，额头破了一个大洞，是她带我去诊所包扎，还买了糖，手忙脚乱地安慰我。此刻，我似乎还能闻到血腥味和糖纸上那致命的甜味。

老人在前面路口等我。

分手的时刻到了。他孤零零地站在那里，双手下垂，身体呈僵直状态，好似一只痛苦挣扎的动物。我只愿自己还在家里，从未出过远门，我的松鼠也还在原地待着，未曾走丢。我站立着，不敢近身上前，不敢挪动半步。忽然，老人僵直的身影像一条被重新扔回水底的鱼，瞬间恢复了自由、机巧和灵活。行动之前，他用眼角的余光瞥了我一眼，似乎在与我告别，也有可能是对我行某种无声的嘱托；还未等我反应过来，他已向着前方大踏步走去，越走越快，转眼便消失了踪影。

我的眼泪刷刷地掉下来，好似蓄积多年的情感瞬间液化，一种东西流走了，再也回不来了。我并不是感到悲伤。那时的我，还不知悲伤为何物。我再次奔跑起来。路在脚下延伸，仿佛无穷无尽，我真想一直跑下去，直到看见大海——我想知道海会以何种面目出现。

但我没有看见海。村子出现的时候，仍没有海的影子。我跑过一间废弃的牲畜房，墙头上插着几株枯萎的草茎，一种隐约的怪味道在空气中弥散。我想起山羊，这是山羊或牛住过的房子，每个村庄都有这样低矮、潮湿的房子。我的心脏扑通乱跳，不知亲爱的姐姐是否就在这里。她是最早离家的人，之后，我的父亲、母亲、哥哥，也相继去了远方。

祖母经常说，总有一天，她也会走掉的。

现在，我已经离家三天了，我在寻找姐姐，或许马上就能找到她。我闻到泥土中透出的甜腥气，它让人感到陌生——我相信自己已经来到异乡。

异乡的村庄正在举办一场婚礼，我闻到了饭菜的香味、鞭炮燃放后形成的硝烟味、炉火的气味、微呛的煤烟味儿。这些熟悉的气味配方中，有一种让我迷醉的东西，也让我感到凄凉。在礼堂或某个空旷的场地上，聚集着被叫来帮忙的男女老少，人们吃吃喝喝，心不在焉。鸡鸭鱼肉在各种器皿里煎炒烹煮，碗筷餐具在就餐的人群之间传递，或许还有酒瓶和酒杯掉在泥地上碎裂的声音。所有人都自顾自地说话，谁也听不清对方在说什么，反正过不了多久，迎亲的队伍就会到来，那些热闹和欢笑也会戛然而止。

远远地，我看见一个五六岁的男孩趴在一块大石头上，他脸朝下，脏手拿着一只啃了几口的大鸡腿，脸颊上还挂着两行清泪。他抬头，好奇地看了我一眼，哭得更厉害了。

"你怎么了？"我走过去，拍拍他的肩膀。

男孩烦躁地扭动肩膀，想要甩开我的手。

"这里好像有人结婚。"我蹲下身，小心翼翼地打量着他。

男孩诧异而警觉地望着我，好像要从我的眼神中读出某种企图，以此来阻止我，但他很快发现，并没有这么做的必要。

"为什么哭啊，谁欺负你了？"我走累了，很想像个大人那样和他聊几句，毕竟他是我在这里碰见的第一个人，也是旅途终点的见证者。

男孩摇了摇头，拿脏手在脸上胡乱抹了几下，有点不太情愿地告诉我，新娘是他姐姐，迎亲的队伍马上就要到了。

"那你干吗哭呀？"我想也没想，几乎脱口而出。

男孩愣了愣，再次发出小动物似的断断续续的哭声。"姐姐要嫁到很远的地方……他们不让我跟去……爸爸还不准我哭,一哭就要揍我……刚才他就打了我……呜呜呜。"他瘦弱的双肩抖个不停,哭得更凶了。

那一刻,某种东西在我脑海里快速旋转着。那种感觉如此清晰,在过去、现在和未来之间,生命的暗匣子次第打开,我踮起脚,朝里望去,悲伤哭泣的男孩与即将背井离乡的姐姐,再往里望,依然如此。无数的男孩与他的姐姐,在那昏暗的世界里不断靠近和远离。

我站在那里等着男孩停止哭泣,他应该知道姐姐的下落。或许,我的姐姐就在里头,坐在那欢送新娘的队伍当中吃吃喝喝,没有人比她更熟悉这样的场景。这种感觉越来越强烈,就像站在清晨的窗台前,看光线发白、转亮,曙光乍现。酒席那边,再次传来短促而尖锐的声响,有人打碎东西,有人大喊大叫。现场一片混乱。迎亲的队伍就要来了,或许已经到村口了。人们就要从里面摇摇晃晃地出来了。一想到马上就能获知一切,我忍不住全身颤抖起来。